Jack Voukassovitch

Bang à Bangkok

Une aventure de David Mc David

Suivie de deux nouvelles :

Vengeance romaine

L'Ile du Diable

Cet ouvrage est une fiction.
Les personnages et les situations sont purement imaginaires.

Les idées ou propos des personnages, de même que les citations utilisées, ne reflètent pas nécessairement ceux de l'auteur.

ISBN : 978-2-9571422-6-2
Dépôt légal : Novembre 2024

Apologue

Après beaucoup d'efforts et de peines, la petite grenouille verte arrive au sommet de l'arbre. Tout essoufflée et fatiguée, elle regarde autour d'elle avec curiosité et s'écrie d'une voix satisfaite :
« La connaissance est parvenue à son sommet, on ne peut pas aller plus loin ! »

Milan Voukassovitch – Écrivain serbe – *A travers la Vie*

A baby Diane,
adorable amour aux cheveux d’or bouclés.

L’écrivain ne doit pas épuiser un sujet au point de ne rien laisser au lecteur, il ne s’agit point de faire lire, mais de faire penser.

Montesquieu

L'imagination est plus importante que la connaissance.
Albert Einstein

Paris Vème, ville lumière.

J'avais passé une nuit dans un hôtel de la rue Monge, dont les fenêtres donnaient sur les arènes de Lutèce.

C'était une belle et douce journée ensoleillée d'automne, comme seule Paris sait en faire.
Je traversais de bon matin le Jardin des Plantes en direction de la Seine.
Décontracté, marchant lentement, les mains dans les poches, mais je ne sifflotais pas. Le soleil bayadère, accompagné de la caresse d'une fraîche brise matinale, jouait avec les feuilles des marronniers jaune d'or qui sautillaient sur le sol. Les piafs joyeux gazouillaient, insouciants, l'air sentait l'herbe fraîchement coupée. Tout aurait pu être parfait, mais je n'avais pas le cœur à la joie, j'étais pensif, intrigué. J'avais été missionné par les hauts gradés de la Base Militaire 55 de Bradenton en Floride sur la côte Ouest, et principalement par le Général John Warren, pour essayer d'identifier un cadavre, qui avait une forte malchance d'être mon meilleur copain.

Il se prénommait Tom. Comme moi, il avait devancé l'appel sous les drapeaux, il y a longtemps, comme moi, il avait représenté l'armée au niveau le plus élevé en tant que tireur d'élite, comme moi il avait fait les quatre-cents coups, comme moi il avait connu la guerre. Comme moi…, il y a longtemps. C'était mon pote, mon buddy c'était.
Grâce à ce talent de tireur d'élite, nous avions vite été recrutés par les Services Secrets d'Amérique qui ne peuvent se passer de gars compétents comme nous.

La police française avait ramassé un cadavre dans une chambre d'hôtel de passe… miteux, à Pigalle… Visage tailladé à coup de coupe-choux, et donc défiguré, les doigts absents avaient été sectionnés.
Pour l'instant, c'était un « Jane Doe », cadavre non identifié parmi d'autres.
L'hôtelier, de plus maquereau et indic, ne s'était souvenu que d'un fort accent yankee… seule piste pour orienter la recherche, mais qui n'avait pas abouti côté français.

La vie d'un homme n'est qu'une lutte pour l'existence avec la certitude d'être vaincu.
Schopenhauer – *Pensées et fragments*

Les autorités françaises avaient classé l'affaire « histoire de clodos », et transmis une copie du dossier à l'Ambassade Américaine, à cause du témoignage du taulier, tout en gardant le corps au froid.

Tout laissait supposer pour nous, par recoupements, qu'il s'agissait de Tom, mais il fallait s'en assurer. Il laissait derrière lui une femme et un gosse.
Je savais, et sa femme aussi évidemment, qu'il s'était fait faire un tatouage juste au niveau supérieur des poils du pubis : une flèche noire dirigée vers le nombril, entourée de deux petits cœurs rouges. Moyen simple d'identification, j'avais été présent quand le tatoueur vietnamien avait œuvré, là aussi il y a longtemps. C'était à Saigon, pendant la guerre du Vietnam.

Arrivé au Pont d'Austerlitz, l'air était frais, ce qui me fit relever le col de mon blouson, je n'avais plus qu'à le traverser pour rejoindre la rive opposée de la Seine, où se trouvait la morgue du Quai de la Râpée, au bout du pont, sur la droite, accolée à un minuscule square sans âme.

Il n'y a aucun remède contre la naissance et contre la mort, sinon de profiter de la période qui les sépare.
Georges Santayana – *Soliloque en Angleterre*

Conciliant lecteur, j'espère que ce livre ira de mon cœur vers votre cœur, de mes idées vers vos idées, et qu’elles s’entrechoqueront. Si cela réussit, ce sera ma récompense.

Ha ! J'ai oublié de me présenter !
Moi, c'est David, David Mc David, je préfère David avec la prononciation anglaise, bien sûr ! Comme David Crockett… dont la devise était « Soyez sûr d'avoir raison, et allez-y ! ».

Mon port d'attaches : Venice Beach en Floride du Sud, côté Golfe du Mexique [1]. Un paradis tropical pour civilisés.
J'y avais laissé ma tendre et sensuelle muse, Sofka, au physique explosif. Elle m'accompagnait rarement dans mes missions, cela aurait risqué de m'entraver. Dans ces expéditions, les aventures amoureuses servent d'exutoire aux horreurs qui nous percutent. Sofka n'était pas en reste, elle profitait généreusement de mes absences pour faire exulter ses sens, sans s'en cacher. Grâce à cela, nous n'étions pas frustrés, nous ne nous sentions pas enchaînés dans le mauvais sens du terme. Je l'adorais, elle m'adorait, n'en demandons pas plus.

Pour comprendre qu'être jaloux charnellement est une idiotie, il faut avoir été libertin.
César Pavese – *Le métier de vivre*

C'était peut-être le secret de l'équilibre d'une relation entre deux êtres ? En tout cas, pour nous, c'était le bon chemin, nous en étions heureux.

---

[1] Voir David Mc David au Congo Brazzaville

Nous vivions dans une sorte de « faré » donnant sur le golfe du Mexique, à deux pas de la mer chaude.
Sofka avait du sang slave dans ses veines, ce qui la faisait bouillonner de joie et de sensualité.
Elle avait vingt-huit ans, déjà six années de trop par rapport à l'âge idéal qu'une femme devrait garder toute sa vie, l'âge de la beauté du diable…
Elle donnait souvent ce conseil autour d'elle « ne vieillissez pas ! », mais personne n'écoutait, ne se rendant pas compte que le sablier de notre vie se retourne et se met à s'écouler dès le jour de notre naissance…

Il faut pleurer les hommes à leur naissance et pas à leur mort.
Montesquieu – Lettres Persanes

Fatalité de la vie, résumée en un mot :
Nitchevo, mot russe signifiant « rien », et que Stefan Sweig, dans son œuvre « Le wagon plombé » traduit par « ça ne fait rien ».

Ce nihilisme typique des slaves reflétait leur amour et leur mépris de la vie, Sofka, en femme intelligente, savait manier ces deux extrêmes, et m'en faisait relativiser la portée.

Après ces mises au point et récapitulations dites, revenons à la case « morgue » ou plutôt au « casier ».
Le froid dans la chambre mortuaire du sous-sol n'était pas agréable, l'odeur non plus, nul bruit. Une lumière blafarde éclairait le carrelage décoré d'un liseré bleu, à l'aspect douteux et vieilli. Le planton de service désâmé m'avait demandé de le suivre, je l'avais suivi le long d'un couloir morne, pour arriver à une double porte battante munie de hublots de marine, qui débouchait sur une vaste salle carrée au plafond bas. Le gars marqua un arrêt devant une rangée de larges tiroirs, il s'arc-bouta légèrement tout en se saisissant de la poignée dudit tiroir et tira d'un coup sec, ce qui fit un bruit de roulement à billes, et fit apparaître un drap blanc moulant un corps nu.
Involontairement, mon cœur se mit à battre plus fort. J'eus un haut-le-cœur quand, le drap retiré, j'aperçus ce qui restait d'un visage lacéré, méconnaissable. Je détournai vite le regard, écœuré, je n'avais jamais réussi à m'habituer à ces visions sanglantes de grand guignol. Il paraît qu'avec le temps ça passe, moi ça ne passe pas !
Je n'avais pas intérêt à prolonger la visite, ma tension n'aimait pas. Je constatai furtivement l'absence des phalanges, puis dirigeai mon regard vers le bas-ventre, c'était mon ordre de mission. Malheureusement, la flèche et les deux cœurs rouges étaient là ! Tom finirait au cimetière

d'Arlington, entouré de beaucoup d'autres gars comme lui.
Un jour peut-être, ce sera mon tour de gésir comme cela. C'était une roulette russe, la seule martingale pour ne pas perdre est d'arrêter de jouer.

Pour gagner à la roulette,
il faut voler le croupier quand il a le dos tourné.
Einstein

Mais là, pas de croupier, impossible de voler une fois la partie engagée, impossible de l'arrêter. La boule ne cessait de tourner, avec en toile de fond, la Grande Faucheuse entourée de brumes.

J'eus une vision de Sofka, sourire aux lèvres laissant apparaître ses quenottes blanches de jeune louve, ce qui me rasséréna instantanément, car si je faisais ce boulot, c'était pour profiter, au retour de chaque mission, de loisirs princiers, somptueux, sans avoir à compter ses sous.

Non ! Je n'ai pas fait de vieux os dans ce sous-sol glauque. Oui ! Je suis parti précipitamment, j'ai fui, besoin d'air, de lumière, de soleil, j'ai même légèrement trotté jusqu'à finir par m'asseoir sur un banc du petit square déserté où j'allumai une clope. Tout en fumant, je regardais passer une péniche sur fond d'un ciel bleu. Cette péniche, accompagnée de mouettes qui criaient, c'était la vie ! Cela me remit du baume au cœur…

Tom avait certainement commis une « faute », il n'avait pas suffisamment blindé ses arrières, il s'était certainement relâché une seconde, et cette seconde lui avait coûté la vie, ou, tout simplement, il avait hésité, et celui qui hésite est perdu. Il n'y a pas de place à l'hésitation. Il y a des missions sans danger, celle-là n'en faisait pas partie. L'adversaire avait sorti les crocs et s'en était méchamment servi. J'avais perdu un copain, le « démontage » inévitable et progressif de ma vie était enclenché, nul doute, et ce décès m'en faisait prendre conscience davantage. Barbe !

Maintenant que je savais que c'était Tom qui était au frais dans le casier, je n'avais aucune idée à quelle sauce gribiche mes supérieurs de la Base 55 allaient m'assaisonner. Tous les scénarios étaient envisageables. Mais pour l'instant, il fallait que je me change les idées.
Il était trop tôt pour appeler côté Floride. Je pouvais donc avidement profiter innocemment de Paris en attendant, et donc de jouer au touriste américain en goguette.
J'avais deux modèles là, le premier, et vous vous en doutez, c'est celui que j'appelle « papa Hemingway », le deuxième Henry Miller. Les deux avaient vécu à Paris, ils y étaient très pauvres et très heureux. Bon, soyons lucide et

réaliste, c'était il y a longtemps… Et leur Paris n'existe plus… C'est bien dommage !
Tout n'est pas perdu, il reste le plus important, ce sont leurs pensées.

Amis lecteurs, vous connaissez mes appétences pour les sentences, maximes, citations, proverbes et autres de tout pelage et de tout ramage Je ne résiste pas à vous en affranchir de deux de plus à travers ces deux passionnants et passionnés auteurs lucides :

Plutôt que de penser à ce que tu n'as pas,
pense à ce que tu peux faire avec ce que tu as.
Ernest Hemingway

Et pour clore ce chapitre lucidement :

« Qu'ai-je donc de si désespérément important à dire au monde ? Que puis-je dire qui n'ait déjà été dit des milliers de fois, et par des hommes infiniment plus doués que moi ? »
Henry Miller – *Nexus*

J'aurais aimé dialoguer, épiloguer, disputer avec ces deux-là, mais, même si tout sur le fond a été dit, il reste encore à faire sur la forme.

Pour essayer d'être en osmose avec ces deux loustics, je décidai sans aucune logique d'aller flâner côté square du Vert-Galant, près du Pont-

Neuf, près des bouquinistes et observer les pêcheurs, de remonter la rue du Cardinal Lemoine, et de prendre un café Place de la Contrescarpe. Puis enchaîner par la Villa Seurat dans le quatorzième, sans oublier le Jardin du Luxembourg, pour finir par le Boulevard Montparnasse où je déjeunai à la Closerie des Lilas. Cette belle balade et rêverie m'avait mis en appétit.
Il était temps d'appeler le Général John Warren de la Base 55 de Bradenton.
Pour respecter le protocole, puisqu'il n'y avait rien d'urgent, je passai par son secrétariat où officiait la sulfureuse Ursula. Depuis de nombreuses années, un jeu de séduction presque enfantin s'était installé entre nous. Elle me plaisait, je lui plaisais, avec les années, elle avait mûri physiquement et son sex-appeal, sa part d'ombre, n'avaient fait qu'augmenter et augmentaient mon désir et ma curiosité.

Ne dépouillez pas la femme de son mystère.
Friedrich Nietzsche

Je la draguais gentiment par habitude, elle me retournait la monnaie de ma pièce tout aussi gentiment, cela nous faisait rire tendrement. Ursula était mariée et fidèle. Mais qui sait ?! Peut-être un jour craquerait-elle ? Quoique, au fond de moi-même, j'espérais le contraire…ne pas briser le rêve… c'est mieux !

La conversation s'engagea ainsi :

- Oh ! C'est David, mon espion adoré !
- Ah ! Ursula, c'est top de t'entendre dire cela !
- Oh ! Je craque au son de ta voix…
- Ah ! Ursula, c'est pareil pour moi…
- Où es-tu, mon David ?
- A Paris, ma Ursula !
- Quelle chance tu as ! Bon, je suppose que tu veux parler à John Warren ?
- Exact, est-il sur la Base ?
- Oui, je te le passe. Rappelle-moi quand tu seras revenu en Floride, tu sais que je suis avide de tes aventures amoureuses !

A cette aune-là, rester au seul niveau de l'espoir était le mieux, nulle acrimonie…

L'oreille est le chemin du cœur.
Voltaire

- Bonjour David, how do you do?[2]
- Bonjour John, how do you do?
- Alors, comment ça se passe chez les heureux mangeurs de baguette beurrée, recouverte de camembert, puis plongée dans le café-crème ?

---

[2] Comment allez-vous ? Question polie, qui n'attend pas de réponse.

- Plutôt mal, John, il n'y a aucun doute, c'est bien Tom qui se trouve à la morgue.
- Ah ! On s'en doutait, c'est moche, je savais que c'était votre ami, j'en suis sincèrement désolé.
- Merci de me dire cela, je ne réalise pas encore la portée de sa mort, ça va être horrible pour sa femme.
- Horrible est le mot, je me chargerai de la prévenir. Malheureusement, ou heureusement, la vie continue. Il faut reprendre l'affaire à zéro, et ça passe par Bangkok. Je vous ai pris un rendez-vous à notre ambassade de Paris demain, pour que toute l'affaire vous soit expliquée, pas de temps à perdre, ça presse !
- C'est noté John !
- Bien, rappelez-moi demain après votre entrevue, à plus tard David.

Je réalisai d'un coup qu'il y avait vraiment une suite à l'identification du cadavre de Tom, que cette suite risquait d'être dangereuse et m'éloignerait davantage de la Floride et de Sofka. John Warren s'était certainement dit que le gars le plus efficace dans cette affaire ne pouvait être que moi puisque Tom était mon ami, j'aurais plus d'énergie pour le venger et élucider cette affaire qui commençait mal.

Oui, il faut pardonner à ses ennemis,
mais pas avant qu'ils soient pendus.
Henri Heine

Si l'affaire presse, on ne va donc pas me laisser prendre racine à Paris. J'avais intérêt à profiter de la soirée et de ma nuit à Paname.
Si le sens de la vie, c'est de vivre, alors Tom aimait la vie. La meilleure façon de lui rendre hommage était d'essayer de faire la même constatation que François de Malherbe : il n'y a que deux belles choses au monde, les femmes et les roses.
J'ai toujours soif de vivre, je m'en émerveille tous les jours.

J'avais été en relation par le passé avec deux contacts féminins qui officiaient à Paris dans le renseignement, et qui rendaient par intermittence service à l'armée américaine moyennant finances. Il était temps d'en réactiver au moins une, pour continuer à jouir de ce miracle qui a nom : VIE.

Ces deux contacts étaient deux sortes de grisette, oubliez le sens péjoratif bien sûr, j'aime le mot grisette. Grisette, ça me fait penser à fauvette, ce petit passereau et aux risettes du nourrisson. Ce serait mignon comme prénom… grisette, grisette...
Je m'imagine un père recevant un coup de fil :

- Bonjour monsieur, est-ce que vous pourriez me passer Grisette ?
- Mais oui, jeune homme, ne quittez pas, je vous passe Grisette !

Je décidai de réactiver celle dont j'ai gardé longtemps une morsure au cou.
Ah ! La lionne, elle ne m'avait pas raté. Elle savait que je repartais le lendemain pour la Floride sans elle. C'était normal de sa part. Pour moi, c'était un jeu, pas pour elle.

L'amour est l'histoire de la vie des femmes, c'est un épisode dans celle des hommes.
Madame de Staël – *De l'influence des passions* – 1796

C'était Martine, elle tenait un salon de coiffure.
Ah ! Les Martine... Ah ! Les coiffeuses et leurs douces mains fines ensorceleuses...

La connaissant, je ne tergiversai pas, je savais que je serais le bienvenu, je me pointai à son salon rue Saint-Sulpice, à Saint-Germain-des-Prés en plein cœur du Quartier Latin.
A peine sorti du taxi, Martine m'avait déjà repéré à travers la vitrine, et se précipitait pour se jeter dans mes bras, corps à corps assorti d'un bref « David ! ». Retrouvailles émues, chaudes, pleines de tendresse, après deux années sans être repassé par Paris, ça fait plaisir, mon ego aimait bien. Une

fois son salon rapidement fermé, elle m'ordonna de la suivre dans ce dédale charmant de ruelles du vieux Paris, pour aller prendre un pot rue Princesse, à deux pas, dans un antre « select » aux lumières tamisées, au sous-sol, chez Castel, elle y avait ses entrées.
Ce furent deux pina colada, pour nous détendre un peu plus. Nous papotâmes sur nos vies, elle était encore célibataire, comme moi opposée au mariage, comme moi privilégiant la liberté, ne supportant aucune entrave. La vie à Paris la satisfaisait, elle ne se voyait pas vivre ailleurs. Paris, ville surprise, ville des rencontres imprévues. Martine aimait les surprises et l'imprévu, je lui apportais cela. Au cours de nos discussions, Martine retouchait sa coiffure, me touchait l'épaule, posait sa main sur ma cuisse. Que de signes inconscients chez elle, mais qui trahissaient son émotion, son plaisir d'être près de moi, à touche-touche… Moi, son gentil et bel Américain à Paris, son David....
C'était de la ratologie du Docteur Watson, doublée du chien du Docteur Pavlov. Réflexe conditionné par le hasard et la nécessité. Rajoutez à cela de l'humanité à la Épictète et vous ferez sourire de contentement Louis Pauwels.

L'heure du dîner arriva vite. Amour et ventre plein, ça ne rime pas, mais qu'importe la rime en ces moments-là, cela restera un vers de mirliton, car sans ventre plein, pas d'amour.

Toujours à pied, à même pas cinquante mètres, nous pénétrâmes dans le typique bistro parisien, pris d'assaut par les habitués, chez Fernand, rue Guisarde, assis autour de minuscules tables recouvertes de nappes vichy à carreaux rouge et blanc. Ici ambiance chaleureuse, tassés comme des cochons, grognant de même, satisfaits d'être là.
Au temps proche des deux poètes de la vie, des deux François… Rabelais et Villon, ce lieu se serait appelé un bouge, au mieux un bousin coupe-jarrets. Ils sont passés par ces ruelles, ivres de joie de vivre, y ont traîné, usé, leurs brodequins, leurs chausses. Aux rêveurs présents qui savent observer par temps de brume à la Noël, morte saison, on peut voir flotter leur âme rigolarde de bon vivant, de génial poète. Ils hantent ces lieux où vous pouvez déambuler en n'y ayant plus la crainte suivante : « qui porte argent, porte sa mort » Ils sont toujours présents parmi nous, lecteurs, frères humains qui après nous vivez. Vivez joyeux, la vie est un trésor !
Il n'est bon bec que de Paris.

C'était relax, joyeux, parfait pour picoler un vin français, ça me changeait des US, où les vins de la Napa Valley étaient imbuvables…. pour un connaisseur. La spécialité du jour était la bavette fondante à l'échalote, arrosée de vin au verre, ce fut un Cahors, un Malbec gouleyant, d'ailleurs pas que sur l'étiquette. La bavette était effectivement fondante, le serveur venait remplir nos verres servis à la ficelle[3], d'une façon digne d'un métronome. A telle vitesse, que, inévitablement, j'aperçus mon ange favori battant des ailes, le nez rougi d'avoir trop bu, traverser la salle d'Est en Ouest, avec un sourire égrillard. Nous finîmes par une tarte tatin, coiffée d'une boule de glace à la vanille. Martine ne me laissait aucun choix, elle fit même porter l'addition sur son compte… Quelle classe, ça changeait des autres nanas radines. Elle avait décidé que, surprise pour surprise, ce serait elle la chef d'orchestre. Que c'est agréable d'être passif, de se laisser dériver au gré des envies de l'autre, ça changeait. Nous, les hommes, finissons par en avoir marre de devoir toujours jouer le rôle du dominateur macho. Nous aussi nous aimons nous laisser faire et être le massé…C'est ce qu'avait compris Martine… ça change !

Dans la plupart des amours, il y en a un qui joue, et l'autre qui est joué. Cupidon est avant tout un petit régisseur de théâtre.
Nietzsche – *Œuvres posthumes*

Toujours à pied – quel plaisir ! - après avoir traversé le boulevard Saint Germain et longé l'église abbatiale sur la place, ce fut la rue de Fürstenberg, avec en son milieu une imprévue et

---

[3] Mesure pour calculer votre consommation.

curieuse placette. C'est là que se situait l'appartement de Martine. Après avoir réussi à rentrer à deux dans le microscopique ascenseur muni de minuscules portes papillon, l'arrêt se fit à l'étage des chambres de bonnes. Elle avait réuni plusieurs chambres et en avait fait un petit coin de paradis sous les toits de Paris. Il y avait même un mini balcon, laissant la place pour une table ronde de bistrot et deux chaises, avec en bonus une vue dégagée sur les toits de Paris ! C'était romantique…

Après un shot de vodka glacée, il n'était plus temps de finasser, Martine savait ce qu'elle voulait. Elle n'arrêtait pas de me couver du regard et de tendresse. En deux temps, trois mouvements, elle était à poil, je fis de même et me retrouvai couché sur le dos, chevauché par cette Française au corps de liane, avec peu de poitrine, mais de longs et fermes tétons, ce qui n'était pas pour me déplaire.
Je me laissai faire, je jouissais. Elle prit son premier plaisir ainsi. Puis se dégagea et se laissa tomber sur le dos. Le message était évident, ce serait moi qui finirais la dernière ligne droite à coups de cravache virile.

Les hommes portent leur cœur dans leur sexe,
les femmes portent leur sexe dans leur cœur.
Malcolm de Chazal – *Sens plastique*

Il n'est de plus grand plaisir, quand la confiance est absolue. Je faisais durer le plaisir, marquais une pause de-ci delà, musardais, puis reprenais le rythme. En bon menuisier de l'amour, je rabotais consciencieusement le ventre de Martine avec ma varlope et chaque copeau qui s'en détachait nous rapprochait de l'extase finale. Comme beaucoup de choses dans la vie, c'est un art de savoir conclure. Rien de trop, comme dit la fable. Je signifiai à Martine l'assaut final par un fort gémissement, puis accélérai mes coups de boutoir. L'arrivée au pic était inévitable, la délivrance aussi, la joyeuse petite mort aussi. J'eus droit de nouveau à une magnifique morsure au cou, dont je comprenais la signification profonde. Martine, qui aurait aimé me garder, me faisait passer ce message d'amour, à sa façon. J'appréciais en connaisseur et y prenais plaisir. Il en est de certains plaisirs comme des boites de conserve, il faudrait mettre ces plaisirs en boite pour pouvoir en re-profiter plus tard.

Ce fut le roucoulement matinal des pigeons sur le toit en zinc qui nous fit ouvrir les yeux. Une fois habillée, toujours d'autorité, Martine me mena au Café des Deux Magots. Assis en terrasse, face à l'église, face au soleil levant, avec un grand café crème et de délicieux croissants croustillants, nous nous laissions bercer par cette douce atmosphère historique bien parisienne, dans ce haut lieu romantique. Ça me changeait des déshumanisés centres commerciaux américains. Là aussi, j'appréciais en connaisseur la différence. L'heure du « au-revoir » arriva trop vite. J'expliquai à Martine qu'il y avait tout à parier que, dès le soir-même, je serais dans un avion en partance pour l'Asie. Martine, émue aux larmes, se lova dans mes bras. Une fois de plus, je ne pouvais me couper en deux… mais je lui renouvelai tendrement mon attachement.

Avec de belles espérances, l'adieu est une fête.
Goethe – *Maximes et Réflexions*

Je me retournai pour regarder Martine s'éloigner, elle chaloupait des hanches… Ah ! La coquine parisienne.

Je décidai de m'offrir, en passant par le boulevard Raspail, une belle balade royale à pied jusqu'au Pont Royal que je traversai - c'était la voie américaine - je laissai le musée du Louvre sur ma droite et enchaînai par le Jardin des Tuileries jusqu'à la Place de la Concorde et contemplai l'obélisque solitaire, pour aboutir à l'Ambassade Américaine. J'y étais attendu par un haut responsable, qui après m'avoir offert un expresso, passa sans transition aux explications et à l'ordre de mission qu'il devait me transmettre, il avait l'air d'être exaspéré et pressé.
Il s'était passé à Bangkok un coup de Trafalgar. J'appris qu'il y avait trois problèmes en un.

Le premier problème, très, très grave, était que la fille de l'Ambassadeur américain de Thaïlande avait été kidnappée à Bangkok. Elle se prénommait Jennifer, elle avait quinze ans.
Le deuxième problème, très grave, était sur fond de trafic de drogue, un trafic de traite des blanches qui pouvait être lié au premier.
Le troisième problème, grave, trafic d'organes humains, pour être greffés à de riches demandeurs sur toute la planète.

Jennifer avait disparu mystérieusement lors d'une visite scolaire de la maison-musée de Jim Thomson[4], pouvait être concernée par ces problèmes dans l'ordre ou le désordre. Le secret était entier sur ce kidnapping, l'information n'avait pas fuité, cela pourrait faire peur aux ravisseurs d'avoir kidnappé une victime trop importante, et de chercher dans ce cas à s'en débarrasser en la tuant, ils n'avaient pas fait le bon choix cette fois-ci.
Le gus de l'Ambassade avait de l'humour, car toute en me remettant un épais dossier blanc portant un gros cachet rouge SECRET DEFENSE, et une pochette de billets d'avion, il me dit :

- David, mon travail s'arrête là, c'est à vous de jouer maintenant, ma voiture et mon chauffeur vous attendent dans la cour,

---

[4] Homme d'affaires américain du 20° siècle, à l'origine de l'industrie de la soie en Thaïlande

vous avez juste le temps de rejoindre l'aéroport Charles de Gaulle pour Bangkok. Le climat y est parfait actuellement. Vous pourrez vous y baigner et bronzer.

Je voyais à son sourire satisfait qu'il était content et soulagé de se débarrasser du bébé. Il avait une âme de fonctionnaire, il avait fait son job et la suite, il s'en fichait, ce n'était plus son problème. Moi, je suis plutôt fasciné par ceux qui se prennent en charge, ceux qui façonnent leur vie à l'opposé de ceux qui se satisfont de rouler sur des rails, tel un train, sans surprise, ils sont résignés, que leur vie doit être monotone ! Tout au contraire, ma volonté a besoin d'obstacles pour rester en éveil et progresser.
Si l'on marche toujours en terrain plat, les muscles, comme le cerveau qui a besoin d'être branlé, s'atrophient.

Il n'y a pas d'effort inutile, Sisyphe se faisait les muscles.
Roger Caillois.

Tout en me dirigeant vers l'aéroport, bien que n'étant pas devin, je compris que ce ne serait pas un chemin parsemé de roses… mais j'aime les défis !

Plus l'adversaire est fort, plus il vous oblige à vous surpasser.

Bernard Werber – *Les fourm*is (Livre de Poche)

Assis en classe business, oui pour moi la classe éco c'est fini, c'est ça ou rien. Et puis, les plus belles pinups, sexy et attentionnées hôtesses, c'est en business et première classe. Elles font ce qu'il faut pour y être, je ne vous ferai pas de dessin, c'est ainsi, c'est la vie et c'est très bien, normal.
Il y avait une hôtesse rouquine aux cheveux frisés courts qui s'occupait de moi, elle m'avait à l'œil, elle avait repéré que je ne portais pas d'alliance, que j'étais léger comme un papillon pour la draguer, cette légèreté ne pouvait émaner que d'un célibataire. Un homme marié, par sa lourdeur, par son manque de tact, est tout de suite grillé… comme le scampi !
Un regard peut tout exprimer, elle me fit passer le message qu'elle était « open » à mon égard, si j'avais envie d'aller plus loin… sympa, cool !

On ne séduit que ceux qui sont déjà séduits.
Madame Marie-Thérèse-Charlotte Thiroux d'Arconville – 18eme

Paris-Bangkok, c'est un peu moins de douze heures de vol, un peu moins de dix mille kilomètres et un peu moins de huit cent cinquante kilomètres par heure, ce qui m'énervait, c'est que depuis plusieurs décennies, les avions restaient scotchés à huit cents cinquante kilomètre-heure, tout ça pour économiser du gasoil, je trouvais cela misérablement nul.

Je n'étais pas pressé de me taper la lecture du dossier Top Secret.
Les avions, ça me pousse à réfléchir sur la vie et sur moi-même.
Je me rappelais la lecture d'un bouquin que j'avais aimé, de Peter Mac Williams, « Life 101[5] », où il disait avec humour :
« Nous connaissons la vie des bactéries, mais nous ne nous connaissons pas nous-même.
Nous savons que deux et deux font quatre, mais nous ne savons pas ce qu'un homme plus une femme font. Shakespeare a dit *Être ou ne pas être*, mais nous ne savons pas la réponse. »

La vie est trop courte, n'attendez pas pour vivre vos rêves !

La rouquine refit son apparition pour me proposer une coupe de champagne, que j'acceptai.
La couleur chaude de ses cheveux me fit penser aux peuples Indiens d'Amérique, les races Peau-Rouge aux faces camardes et aux yeux bridés, Blackfeet, Schownee, Sioux, Navajo, Cris, Cheyenne, Apache, Comanche, Iroquois, Mojave, Kiowas, Cherokee… la liste est longue.

---

[5] Pour les Américains, 101 est un chiffre porte-bonheur, comme les 101 Dalmatiens de Walt Disney

Les Blancs sont arrivés sur nos terres avec la Bible, nous ont laissé la Bible et ils ont pris nos terres.

Quatre-vingts millions de morts, quatre-vingts millions de vies, quatre-vingts millions d'âmes séparées de leur corps… table rase de cette civilisation. Tout y est passé pour les éliminer : tuer les bisons pour les affamer, diffuser l'alcool pour les affaiblir, leur filer des microbes pour les achever, etc. Beau génocide, une shoah de plus, certainement le plus grand de l'Histoire envers des êtres humains pacifiques qui ont eu le malheur de se trouver sur les chemins, sur les locomotives de la colonisation des Blancs, criminels, assassins, qui orchestraient même de donner une prime en dollars sur présentation du scalp d'un indien[6], ils furent aveuglés par les richesses à s'approprier, à voler, à violer… les mains couvertes de sang.

Qu'est-ce que la vie ?
C'est l'éclat d'une luciole dans la nuit.
C'est le souffle d'un bison l'hiver.
C'est la petite ombre qui court dans l'herbe et se perd au coucher du soleil.
Crowfoot, Chef Blackfeet – 19eme

[6] C'est l'homme blanc qui est à l'origine du scalp.

Après l'apéritif au champagne frappé, ce fut un repas digne d'une table étoilée. J'avais choisi un suprême de volaille aux morilles, arrosé d'un Saint-Emilion frais, et pour finir un classique sorbet mangue-fruits de la passion, accompagné d'un biscuit fourré au chocolat. C'était parfait pour pouvoir dormir quelques heures avant l'arrivée. Mes rêves furent caressés par les cheveux roux de l'hôtesse…

Il était enfin temps de compulser le dossier à détruire après lecture. Je constatai une fois de plus que l'homme est un loup pour l'homme, quoique pour moi, le loup est un noble animal. Je dirais plutôt que l'homme est une hyène pour l'homme, et c'est encore flatteur. Je pencherais au final pour une brebis dont il faut se méfier, méfiez-vous des brebis enragées, elles n'ont en outre ni intelligence du cœur, ni générosité. Je réalisai que le rapt de jeunes filles et de jeunes garçons était plus fréquent que je ne l'avais pensé et dans le but de les prostituer sous l'influence de drogues dures, avec la complicité et la protection de la police locale. La fille ou le garçon se faisait passer sur le corps par trente à quarante consommateurs chaque jour, et ce pendant environ un mois, et après, si toujours en vie, jeté au fond d'une impasse. Ce qui permettait à la police complice d'arrêter l'enquête officiellement.
Le trafic d'organes se rajoutait parfois à cela, pas qu'en Thaïlande, et la malheureuse fille ou le

malheureux garçon était dépecé comme un bœuf à l'abattoir. Chacun de ses organes était emballé dans un sac en plastique, étiqueté, pesé, et bon à être vendu partout sur la planète à de riches demandeurs. Le seul « os » dans ce cas pour ces trafiquants, était qu'ils avaient fait un mauvais choix en kidnappant Jennifer, mauvaise pioche.
Dans le dossier figuraient tous les détails recueillis pour tâcher de récupérer Jennifer avant qu'il ne soit trop tard. J'allais être aidé par un Américain, Steve, et une Américaine, Nancy. Tous les deux trente-deux ans, tous les deux bruns aux yeux clairs, c'est ce qui m'apparaissait en regardant leurs photos.
Après un petit déjeuner pris sous le regard maternel de Gabriella, c'était l'hôtesse rouquine, l'avion atterrissait. Selon mon habitude, en sortant de la carlingue, j'arrachai l'étiquette de mon bagage à main, tout en murmurant à Gabriella :

- Je serais heureux de vous revoir, je descends à l'hôtel Park Hyatt Bangkok, ne trainez pas, je risque de ne rester que quelques jours ici, ciao bella !

L'aventure est aux aventureux.
Benjamin Disraeli - 1833

A peine passé la douane, je faisais face à Steve et Nancy, pour de brèves salutations. Une fois engouffrés dans un van conduit par un chauffeur, Nancy prit la parole :

- David, appelons-nous par nos prénoms et tutoyons-nous !
- Pas d'objection, Nancy.
- Bon, David, nous te déposons à ton hôtel et passerons te chercher vers vingt heures au bar-lounge. Tenue décontractée pour aller dîner et discuter du kidnapping de Jennifer.

Ce programme était parfait, un peu de repos avant l'attaque, c'est bien mieux pour mes neurones !

J'étais déjà venu à Bangkok, il y a longtemps, et cette capitale s'en sortait plutôt bien à l'époque, mais maintenant c'est fini ! Cette « modernité », cette densité dans les constructions, c'était un échec, c'était devenu une ville qui grouillait de monde, laide, affreuse, polluée, bruyante, pétaradante, poussiéreuse, à la circulation infernale. C'était la ville de tous les extrêmes… à fuir !
J'avais visité la splendide maison de Jim Thompson, devenue un musée, toute en bois de tek, entourée d'un jardin tropical, bordée par un étroit canal, cela donne une idée du Bangkok d'avant.
C'est là qu'avait disparu Jennifer, lors d'une visite scolaire… mystère !

J'ai oublié de vous parler de la prostitution à Bangkok, qui est devenue une destination du

tourisme sexuel. Cela a débuté avec les R and R : Rest and Recuperation[7] des soldats américains GI dans les années soixante. Lors de leur venue avec dollars, cigarettes et chewing-gums, chaque soldat, enfin la majorité d'entre eux, se choisissait une très jeune prostituée Thai et la gardait pour la durée du séjour. Du coup, il n'est pas rare d'apercevoir des rejetons issus de ces liaisons, métis aux cheveux blonds et parfois aux yeux bleus du plus bel effet !
Rajoutez à cela les drogues plus la mafia qui l'entoure, plus la corruption des hommes politiques, plus celle de la police, et comme si cela n'était pas suffisant maintenant, le « commerce » florissant d'organes humains.

Ces fafiots dérisoires et miraculeux en échange desquels on a... tout.
Comte Robert de Montesquiou, dandy poète.

---

[7] Repos et se retaper

Coup de fil à Sofka.

- Bonjour ma Sofka !
- Ah ! Mon David, je m'inquiétais, sans nouvelles je dépéris, je suis ta fleur, tu es mon eau, je me fane quand tu es absent trop longtemps…
- J'en suis désolé, ma Sofka, la faute au décalage horaire.
- Tu sais que j'ai pour principe de ne pas appeler, pour ne pas risquer de te perturber, mais là c'était trop long, je ne suis pas contente. J'en suis attristée.
- Ne le prends pas mal !
- Si, je le prends mal, je me vengerai dans les bras d'un autre homme, avec plus de plaisir !
- Oh ! Je te connais, je ne m'inquiète pas, je sais la place que j'occupe dans ton… esprit. Je sais que tu me reviens toujours plus amoureuse.
- Mon David, sois prudent, reviens-moi vite, vite, je t'attends, love, love, love.

L'Amour est un égoïsme à deux.
Madame de Staël – 1810

Je retrouvai Steve et Nancy au bar de l'hôtel pour un apéritif. Il y avait pléthore de Thaïlandaises, sexy, modèles réduits. Si vous êtes amateur de femmes enfants, de « pocket women[8] », ce pays est fait pour vous. Frimousses d'enfants, taille fine, petits seins, petites mains, poids plume aux formes parfaites, ce sont des jouets, des poupées joyeuses, rieuses, volubiles, envoûtantes, mais pas fragiles, bien au contraire, avec un seul but « s'en sortir », grâce à leur position de femme.

Partout où le corps se livre avant que le cœur se donne, dans un palais comme dans un bouge, il y a prostitution et tout mariage sans amour est la prostitution consacrée.

Charles Lemesle – *Auteur d'Épîtres et de chansons*

Direction le restaurant Issaya Siamese Club, une ravissante et typique maison coloniale, avec son jardin tropical. Nancy nous imposa le même menu : du porc au curry et lait de coco, arrosé d'une bière glacée, seule boisson résistant au climat chaud et moite. Pour finir, l'inévitable, la succulente, la fondante mangue fraîche, elle aussi au lait de coco, accompagnée d'une boule de glace à la vanille. La simplicité fait loi en Thaïlande.

---

[8] Femme qui tient dans la poche

Steve et Nancy connaissaient le Bangkok by night. Ils m'expliquèrent son fonctionnement, ses codes, ses dangers.
Une fois le dîner terminé, ce fut la visite des lieux de prostitution. Il y avait plusieurs quartiers rouges : Nana Plaza, Pat Pong, Soy Cowboy, Green Park Plaza… même un réservé aux transsexuels : Katoey !
Jennifer, après son enlèvement, était obligatoirement passée par un de ces endroits.

Les prisons sont bâties avec les pierres de la loi,
les bordels avec les briques de la religion.
William Blake

A l'aide de fortes jumelles, ils me firent voir le plus puissant souteneur de Katoey et de Thaïlande, son nom : Sombat Samak, dit Le Morse, il était très gros, très gras, très répugnant, très riche, très dangereux. Le trafic d'organes, c'était aussi son job.
Nancy m'expliqua la nécessité de l'enlever pour lui faire avouer tout sur le rapt de Jennifer. Pour Nancy, il n'y avait plus qu'à prendre Le Morse dans notre filet, le fourrer dans une cale réfrigérée… comme un poisson, et l'amener dans un lieu sécurisé pour l'interroger. Une bonne équipe ferait cela facilement, toujours aux dires de Nancy. Son emploi du temps ne variait jamais. Il passait les cinq jours de la semaine à Bangkok, et rentrait passer le weekend à Pattaya. Il se sentait

si puissant, si inattaquable, qu'il n'avait pas de garde du corps, seulement son chauffeur. Je demandai avec un humour so British, si ma présence en Thaïlande était nécessaire, j'aurais mieux fait, plutôt que d'aller pêcher Le Morse, d'aller pêcher l'espadon, c'est plus valorisant, c'est moins gras, ça a meilleur goût.
Steve m'avoua que ma venue ici était doublement nécessaire, pas seulement parce que Tom avait été mon copain, mais parce qu'il avait été prévu aussi une élimination physique qui ne pouvait se faire que par un tireur d'élite. Ça, c'était dans mes compétences, c'était la base de mon job, c'était mon fonds de commerce. Jusqu'à maintenant, je n'avais jamais échoué, je n'avais jamais déçu mes employeurs, c'est ça l'utilité d'un pro !
On peut tromper sur le prix de quelque chose, mais on ne peut pas tromper sur la marchandise.

L'art d'être tantôt très audacieux et tantôt très prudent, est l'art de réussir.
Napoléon 1er

Pour une fois, ce n'était pas moi qui orchestrais les opérations, ce n'était somme toute pas désagréable, ce côté passif c'était confortable, mais souvent passivité rime avec lâcheté. Un David, c'est du muscle, c'est du viril, 100% de testostérone, c'est du mâle dominateur à gogo, mais il ne faudrait pas que ça devienne une habitude. J'avais dans mon cœur un côté tendre, fleur bleue qui ne demandait qu'à fleurir, c'était mon charme, c'est ce qu'avait découvert Sofka.

Une fois revenu à l'hôtel, je fus accueilli par des Thaïlandaises sexy, jacasseuses et souriantes, mais je n'avais qu'une idée en tête, c'était de m'enfouir au fond d'un lit tout seul pour une dizaine d'heures.

Le chaud soleil inondant mon oreiller me réveilla. La matinée était entamée quand je pris un solide petit-déjeuner accompagné, bien sûr, de mangues. J'étais en forme pour me balader dans Bangkok, l'opération « Morse » ne devant démarrer qu'en soirée.
Je m'octroyai le même pousse-pousse pour la journée et lui expliquai que je voulais aller dans des endroits peu fréquentés par les touristes. Ce fut dans l'ordre : le canal Ong Ang, puis le marché chinois de Talad Noi, typique du vieux Bangkok délabré, on aime ou pas. La journée passe vite, entrecoupée d'un repas, de pause-café, et pour terminer un cocktail face au soleil

couchant sur le fleuve embouteillé Chao Phraya. C'était parfait comme baisser de rideau.

Le monde est un endroit magnifique pour lequel il vaut la peine de se battre.
Ernest Hemingway – Pour qui sonne le glas

J'en suis certain, Ernest aurait apprécié ce délicieux moment hors du temps, en connaisseur raffiné.

Aux dires de Steve et Nancy, le kidnapping du Morse serait du pancake[9] recouvert de sirop d'érable. C'était prévu à mi-chemin entre Bangkok et Pattaya, au niveau de la province de Chonburi, il s'arrêtait toujours pour une pause pipi à un Motorway Toilet, lieu peu fréquenté en soirée, c'est là que nous attendrions son arrivée.

Il faisait nuit, ça faisait déjà une demi-heure qu'on poireautait, Le Morse avait du retard. Nous étions accompagnés d'un gars de plus, un costaud. Harold, qui nous avait équipés chacun d'un Smith&Wesson 9mm muni d'un silencieux. Si le chauffeur s'interposait, il en ferait les frais. Pour l'instant, il n'y avait que notre fourgonnette sur l'aire de repos. D'un coup, une grosse berline blanche arriva et se gara sur le parking, c'était la bonne voiture. Harold était en planque derrière les urinoirs et Nancy, debout, fumait une cigarette devant les toilettes femme, l'air d'attendre son tour. La porte arrière de la grosse berline s'ouvrit et Le Morse sortit lentement d'un pas mal assuré. Il hésita à s'aventurer, mais la présence d'une femme blonde fumant dut le rassurer, car il s'élança d'une lourde démarche, dodelinant comme une oie.
C'est à cet instant qu'Harold surgit et lui enfonça son pistolet dans le ventre, tout en lui intimant l'ordre de ne plus bouger. Le chauffeur, ce qui

---

[9] Crêpe américaine épaisse

était prévu, apercevant cela, sortit précipitamment de la voiture, mais, ce qui n'était pas prévu, il tenait un revolver à la main. Steve et moi lui barrions le chemin, mais, imprévu pour imprévu, il fit feu instantanément par deux fois en direction de Steve, surpris, qui s'écroula, touché mortellement, juste avant que moi-même je n'abatte le chauffeur. C'était ce qu'on voulait éviter, cela aurait pu être moi à la place de Steve. Une fois de plus, j'étais passé près, très près, trop près de la mort. J'eus une vision flash de Sofka, laissant tomber une rose blanche sur mon cercueil à Arlington, les yeux rougis de larmes…

Le soleil, ni la mort, ne se peuvent regarder fixement.
François, Duc de la Rochefoucauld, moraliste

Mais, basta à la rêverie sentimentalo-gonzesse. Ce n'était pas le moment, ni le lieu. D'ailleurs, mon ange gardien passa au-dessus de moi en battant bruyamment des ailes, avec une expression lisible sur son visage qui disait : « Ah ! Mon cher David, tu te fais vieux, tu ramollis, qu'est-ce que je vais faire de toi, si ton taux de testostérone continue à baisser comme ça ?! »

Nancy avait rejoint Harold et poussait Le Morse vers la camionnette. Il était terrorisé et pouffait, bavait, éructait des mots incompréhensibles, tout en traînant les pieds. Après l'avoir fourré puis entravé par des menottes, nous disposâmes le corps de Steve sur le plancher. Il était mort instantanément, une balle l'avait atteint au cœur, l'autre en plein front, l'horreur absolue. C'était un échec, j'en voulais à Steve et Nancy, qui avaient pêché par négligence, organisation bâclée, Steve en avait pâti. Je n'aurais pas dû leur laisser entièrement le choix des décisions du rapt. Conclusion, une fois de plus, ne pas faire confiance, même à des pros, si on n'a pas vérifié leur efficacité. J'étais devenu une cheville ronde dans un trou carré. My fault, merci les Anglais…

Un mort de plus. Je pensai ironiquement et tristement à une réflexion du Général John Warren me disant, sans peut-être l'avoir fait exprès : « A vous de jouer, la balle est dans votre camp, David ! »

Le trajet fut court pour rejoindre le parking en sous-sol de la baraque isolée, servant d'habitude à mettre au vert, avant de les exfiltrer du pays, les personnes protégées par l'ambassade américaine. Nancy n'en menait pas large, c'était la première fois, et peut-être la dernière au vu de sa réaction, qu'elle était confrontée à une mort violente. Elle craquait et restait prostrée dans un coin. Le corps de Steve avait été recouvert d'une bâche et Le Morse ligaturé sur une chaise qui craquait elle aussi sous son poids. Harold lui balança quelques claques aller-retour pour le mettre en condition.

J'y allai moi-aussi d'un méchant coup de poing en plein dans son ventre bedonnant, cela eut pour effet de le faire vomir. Je lui criai dans l'oreille :

- Où est Jennifer ?

En lui demandant cela, je réalisai qu'il y avait peu de chance qu'il sache son prénom. C'était pour lui une simple fille de plus.
Le Morse balbutia :

- Qui ? Je connais pas !
- Une jeune américaine, quinze ans, blonde, kidnappée récemment.
- Où ?
- Bangkok, vers la maison de Jim Thomson.

Tout en lui disant cela, je lui assénai une violente claque, son mouvement de recul eut raison de la chaise qui se brisa. Le Morse atterrit sur le dos et sa tête en fit les frais. Reprenant ses esprits, il commença à s'étouffer, il respirait par saccades. Je l'attrapai par le col de sa chemise et le secouai, tout en crachant :

- Dépêche-toi de répondre, on n'a pas de temps à perdre, sinon on te tue !

Il avait l'air hagard, le visage cramoisi, suffoquant, manifestement, il était en train de faire un malaise cardiaque, c'était mauvais pour nous s'il mourait avant d'avoir parlé…
Je lui criai dans l'oreille, tout en continuant de le secouer :

- Où est-elle ?

Il ânonna :

- Ko… sa… samui
- Où à Koh-Samui ?
- Lote… Lotus… Be… Bleu

Et sur ces derniers mots, un flot de sang jaillit de sa bouche, ses yeux se révulsèrent. C'en était fini du Morse, il ne nuirait plus à personne, tant mieux !
Je laissai tomber sa tête sur le sol. J'avais les mains pleines de sang, j'étais dégoûté de tout cela, je n'aimais pas faire ça. Ce n'était pas mon truc, mais, bon, vous me direz comme on dirait à un pompier qui a peur du feu : « Faut faire un autre boulot mon gars, si t'aimes pas ! »
Pour moi, ce n'était pas un boulot, je n'avais pas de patron au sens classique du terme, et puis, je me consolais, me cachais derrière le fait de rendre service à ma patrie, classique excuse, c'était confortable.
Je sais, c'est facile de raisonner comme cela !
Mais les dés de ma vie étaient jetés depuis pas mal d'années sur le tapis, et roulaient, ricochaient, s'entrechoquaient, c'était un rock'n'roll endiablé sans fin, ou plutôt si… mais je n'étais pas pressé qu'ils s'arrêtent de rebondir et qu'ils s'immobilisent. Pour moi, la vie était une barque, et je la faisais flotter où et comme je voulais… pour l'instant…

Il faut toute la vie pour apprendre à vivre.
Sénèque

Je me précipitai vers Nancy, l'attrapai par les épaules, et lui demandai gentiment :

- Nancy, tu as entendu ?
- Heu… oui.
- C'est quoi le Lotus Bleu à Kho-Samui ?
- Je… je sais pas… je vais chercher, attends, je reviens…

Chaque heure perdue nous éloignait davantage de réussir à retrouver Jennifer…
Après de longues minutes d'attente, Nancy finit par revenir, elle m'apprit :

- David, c'est une association d'handicapés mentaux et moteurs, se déplaçant uniquement en fauteuil à roulette. Voilà, je n'en sais pas plus.
- Ok. Nancy, donc il faut aller là-bas, vite, let's go, et en espérant que Le Morse n'ait pas raconté n'importe quoi.

Nous croisions les doigts, et serrions les pouces, pour que ce soit une bonne piste, car, dans les kidnappings, il faut aller vite sinon cela devient « mission impossible ».

Le plus rapide pour rejoindre l'île de Kho-Samui, était d'y aller en avion. Ce fut une petite heure de vol, en partant de l'aérodrome international de Pattaya-U-Tupao.

L'association Lotus Bleu se trouvait au nord de Kho-Samui, au bord de la mer, balayée par une brise marine chaude, qui vous caressait et vous donnait envie d'aller vous baigner. Le fisherman's village, à Bophut, attirait les touristes en quête d'exotisme encore un peu typique, les maisons en bois alternaient avec celles en béton. Sur cette ile tropicale, les maîtres des lieux, c'étaient le soleil, la mer et la végétation tropicale. Nancy, Harold et moi discutâmes de la meilleure tactique pour infiltrer le Lotus Bleu, et essayer de savoir ce qui se cachait derrière cette banale et rassurante appellation.
C'est Nancy qui irait jouer les innocentes, c'était la meilleure solution pour commencer. Une femme, ça n'inquiète pas, ça rassure !

Le Lotus Bleu était dans une zone inhabitée et protégée des regards par un haut mur blanc recouvert de tessons de bouteilles, aboutissant à un solide portail muni d'une sonnette et d'une caméra. Une bonne minute après avoir sonné, une voix d'homme peu aimable se fit entendre.

- Vous désirez ?
- Bonjour monsieur, est-ce bien l'association le Lotus Bleu ?

- Oui, que désirez-vous ?
- Je suis américaine, mon mari et moi sommes des expatriés et nous avons un enfant handicapé.
- Oui, que voulez-vous savoir ?
- Est-il possible de rencontrer quelqu'un pour en discuter ?

Il y eut un moment de flottement, puis la voix reprit :

- Oui, je vous ouvre.

Apparemment, le Lotus Bleu ne devait jamais être sollicité par une telle démarche.
La porte finit par s'ouvrir, et un garde, fusil en bandoulière, pria Nancy de le suivre.
Il referma la porte d'un air soupçonneux, regardant à droite et à gauche.
Il y avait quelques bâtiments disséminés dans le jardin, personne, nulle trace d'handicapés. Arrivé au bâtiment du fond, le garde déverrouilla une porte, laissa passer Nancy, et referma derrière elle. Un Thaïlandais rondouillard et court sur pattes, à l'aspect douteux et hirsute, s'approcha, lui serra la main sans rien dire, tout en lui indiquant de l'autre main où s'asseoir. Lui-même contourna un bureau et s'assit, tout en interrogeant Nancy du regard. Ce n'était pas un loquace, ou alors il était très méfiant.
Nancy engagea la conversation :

- Voilà, monsieur, mon mari et moi avons un fils de quinze ans, handicapé, qui se déplace en fauteuil. Nous voudrions faire du tourisme tous les deux et nous n'avons pas assez de temps pour nous occuper de lui. Votre association organise peut-être des sorties sur Bangkok ou Kho-Samui, car nous résidons pour l'instant à Kho-Samui.

Le Thaïlandais eut un moment d'hésitation, puis répliqua :

- Oui, madame, je comprends votre problème, mais notre association ne s'occupe pas des enfants étrangers, je ne peux donc vous être d'aucune utilité.

Sur ce, il se leva, appuya sur un bouton qui fit surgir le garde, tout en disant à Nancy :

- Désolé de ne pouvoir vous aider, tentez votre chance ailleurs.
- Merci tout de même de m'avoir reçu, avez-vous une brochure sur vos lieux de visite à Bangkok, ça me rendrait service.

Le responsable se servit d'une brochure sur un présentoir, la lui remit, et la congédia.

Nancy nous détailla l'entrevue, plus court ce n'était pas possible. L'attitude du responsable était louche, celle du garde armé pareil. Sur la

brochure figurait, entre autres, la visite de la maison de Jim Thompson, c'était sûrement la bonne piste.
Il fut décidé d'organiser une planque discrète depuis l'intérieur de la camionnette, par rotation de quatre heures, pendant deux jours. C'est long quatre heures dans une camionnette, en outre la chaleur n'aidait pas.

Au bout de ces deux jours, nous n'avions pas avancé d'un pouce, pas plus d'handicapé que de beurre en branche. Sauf une Land Rover qui entrait et sortait régulièrement, et un va-et-vient de fourgonnettes frigorifiques. Nous ne pouvions laisser passer plus de temps, dans ces histoires de kidnapping, plus le temps passe, plus c'est compliqué de remonter la piste, et plus l'issue est fatale. Une fois de plus, il ne restait que la manière forte, pour savoir ce qui se cachait derrière le Lotus Bleu.

Ils se sentaient sûrs d'eux. Le garde armé s'en allait vers 17h30, et n'était remplacé par personne. Quant au responsable, il partait vers 18h30. Ils n'étaient étonnamment pas méfiants.

Il fut décidé d'envahir le Lotus Bleu.
Nous observâmes le garde s'en aller comme à son habitude, vers 17h30. Une demi-heure plus tard, Nancy gara la fourgonnette au ras du mur, ce qui me permit, une fois sur le toit, d'enjamber le mur

et de me laisser tomber sur le sol. Je m'accroupis et ne bougeai plus pendant une longue minute. Je soufflai dans un sifflet à ultra-sons pour m'assurer qu'il n'y avait pas de chien, puis me déplaçai, plié en deux, vers le bâtiment principal. N'ayant pas la clé, je ne pouvais qu'attendre, accroupi, que le responsable sorte.

Le premier coup fait la moitié du combat.
Sentence anglaise

Au bout de dix minutes, j'entendis un bruit de clé, la porte s'ouvrit, je me levai prestement, pistolet en main, menaçant le responsable pour le faire reculer à l'intérieur. Après l'avoir menotté et attaché à un tuyau de radiateur, je me dépêchai d'aller ouvrir le portail pour Harold et Nancy. Il fallait inspecter le bâtiment, dans les étages et en rez-de-chaussée, ce n'était que des bureaux vides. Restait le sous-sol, et là, ce fut la surprise. Une fois descendu l'escalier, il y avait une grande pièce avec six ou sept gros réfrigérateurs, comme ceux qu'on trouve dans des laboratoires ou des boucheries, plus une table au milieu de la pièce... c'était une table à dissection en aluminium surmontée d'un scialytique. Sans perdre une seconde, nous ouvrîmes la porte la plus proche et ce fut une vision macabre. Devant nous, sur des étagères, s'entassaient des tas de sacs plastique transparents remplis de sang et de formes bizarres. Des étiquettes à chaque niveau indiquaient : reins, foie, cornée, moelle, poumons, os… L'odeur qui s'en exhalait était fétide.

Ça me fit penser à un tableau du peintre Giuseppe Arcimboldo, du seizième siècle, qui faisait des portraits suggérés par des fruits et légumes, là, c'étaient des organes.
C'était, comme dans un rayon de viande d'un grand magasin. Les kidnappés étaient amenés ici, tués, puis disséqués avec la complicité de médecins ou chirurgiens. Bingo ! Nous avions fait une découverte, c'était positif, la mission avançait.

Le responsable allait être passé à la casserole. Ligoté sur une chaise, c'était reparti, vraiment ce n'était pas mon truc, mais la vie de Jennifer était en jeu. La manière douce pour faire avouer quelqu'un ne fonctionne jamais, seule solution, secouer, l'interroger, le déstabiliser, lui faire peur, lui faire des souffrances, donc baffes, coups de poing, coups de pied, no other way[10]…
Je lui criai dans l'oreille :

- Qu'as-tu fait de Jennifer, la jeune américaine blonde ?
- Connais pas.

Manifestement, il n'avait pas compris, il faut être coopératif, quitte à mentir… ça me rappelait une

---

[10] Pas d'autre issue

nouvelle écrite par Jean-Paul Sartre, dans son livre, Le Mur :

Dans un pays d'Amérique Latine, un prisonnier était torturé par une milice qui lui posait la question où se cachait son chef, et s'il le révélait, il serait libéré. Le prisonnier lâcha à tout hasard, pour gagner du temps, se sachant condamné à être fusillé le lendemain matin, et n'ayant aucune idée où pouvait être caché son chef :

- *Mon chef... mais mon chef, il se cache dans un tombeau au cimetière !*

Le lendemain, il était libéré, hébété...surpris...

Nous étions trois à donner des coups à tour de rôle, le gars était gâté, mais ça ne donnait rien, il résistait. Quand ce fut au tour de Nancy, ce fut plus vicieux, elle lui envoya un coup de pied dans les parties, ce qui lui fit perdre connaissance. Revenu à lui, il n'en menait plus large, c'est lui qui se mit à parler :

- Arrêtez, arrêtez ! La jeune américaine blonde, je me souviens, c'était à la maison Thomson, quand elle a été aux toilettes, on lui a fait de force une piqure d'opium, et mise sur un fauteuil à roulettes, avec un grand chapeau, parmi les autres gogols. C'est notre façon de procéder, c'est sans risque, c'est facile pour kidnapper des jeunes garçons et filles. Personne ne prête attention à des débiles en fauteuil.

Tout à coup, j'eus une pensée pour mon copain Tom à la morgue de Paris. L'énigme n'avait pas été résolue, pourquoi étant en Thaïlande, il avait été retrouvé mort à Paris. Il n'avait plus donné d'infos à sa hiérarchie, et pourtant il avait voyagé sur un vol Kho-Samui/ Charles de Gaulle Airport. J'y allai au flanc, après deux énormes baffes.

- Et l'américain de quarante ans, retrouvé mort, défiguré à Paris ? Qu'est-ce qui s'est passé ? Qu'en avez-vous fait ? Si tu ne parles pas, je te tue !

Tout en tremblant, les yeux larmoyants, il répondit :

- Lui… lui, c'est différent, il… il s'était introduit par effraction dans le jardin, mais le gardien l'a maîtrisé et l'a assommé.

L'affaire s'éclaircissait, Tom avait atterri ici, par quel biais, nous ne le saurons jamais.

- Continue, que s'est-il passé avec lui ?
- Nous ne savions qu'en faire, un membre de l'organisation a décidé de le droguer, puis de l'envoyer par avion, en fauteuil à roulettes, vers Paris. Une équipe sur place s'est chargé de le récupérer et de l'éliminer sur place.

L'énigme de Tom était élucidée. La mission avançait bien, les chefs allaient être satisfaits de notre travail.

Le travail est un trésor.
Ésope

- Et l'Américaine de la maison Thomson, où est-elle ?
- Quand elle est arrivée ici, au départ, c'était pour ses organes, mais finalement, comme elle était belle fille, c'était plus rentable de lui faire faire d'abord le circuit prostitution, droguée sous cocaïne, matin, midi et soir. Aucune fille ne nous a rapporté autant d'argent, tous les Thaï voulaient l'exploser…tellement elle était excitante…
- Dépêche-toi de nous dire où elle est, salaud !
- Nous, on l'a renvoyée à Bangkok, toujours en fauteuil.
- Grouille-toi, où ?
- A Pat Pong, dans la « maison » de Sombat Samak… enfin, Le Morse !

Il avait à peine fini de dire le mot Morse, que sa tête s'affaissait d'un coup sur sa poitrine. Nancy, dégoûtée d'entendre tout ça, venait de lui tirer une balle dans la nuque. Je la regardai, interloqué, elle cracha :

- Bordel, je suis mère moi, j'ai une fille qui a dix ans, pas de pitié pour ces charognes, ce sont des monstres !

J'étais surpris de ce geste de Nancy, elle était finalement plus forte que je le pensais. Elle avait bien fait, nous ne pouvions le laisser libre, et encore moins le remettre à la police corrompue. La pitié est une faiblesse de l'esprit.

Tous les trois dans l'avion Kho-Samui / Bangkok, nous continuions à nous rapprocher de Jennifer. La « maison » du Morse à Pat Pong, c'était sa maison de passe. Facile à trouver, une enseigne rouge clignotante jour et nuit, sur laquelle était dessiné un gros poisson à l'horizontal. La prostitution en Thaïlande sévissait d'une manière endémique, malgré son interdiction. C'était de l'argent gagné facilement qui se déversait à tous les échelons du pays.

La femme et le verre sont toujours en danger.
Cervantès – Écrivain espagnol

Nancy décida avec autorité :
- David, cette fois, c'est à toi de jouer ! Joue au gogo de touriste américain, avide de sexe.
- Ok, Nancy, si j'échoue, ce sera au tour d'Harold.

Sitôt franchie la porte d'entrée, je passai du bruit au calme, mais je fus assailli immédiatement, submergé par une volée de jeunes Thaï, que je repoussai gentiment, malgré leurs mains baladeuses qui devaient chercher mon portefeuille, pour me diriger vers les tabourets du bar. Là, trônaient des femmes plus mûres, très maquillées. Je commandai une bière et engageai la conversation avec une Thaïlandaise qui avait l'air d'être la cheffe. Après quelques minutes à

jouer au naïf, j'appris qu'elle se prénommait Sumalee.
Je mis les pieds dans le plat, en essayant d'être le plus soft possible :

- Sumalee, j'aimerais rencontrer une jeune blanche, de préférence une vraie blonde, jeune, très jeune.
- Toi, combien dollars donner ?
- Si ça correspond, cent cinquante dollars.
- Toi, faire quoi ? C'est quoi ton truc ?
- Sumalee, j'aimerais faire son affaire à cette jeune blanche. Mon truc, c'est qu'elle soit shootée, pour pouvoir lui faire ce que je veux, j'aime être violent…
- Ok, ok, pas possible, pas actuellement, semaine dernière ok ici, très jeune, très belle, blonde, très partout, très shootée.
- Je veux la voir, où est-elle ?
- Ok, ok, possible à île Phuket, tu fais elle ce que tu veux, toi donner beaucoup dollars. Tu peux abîmer fille, donner beaucoup dollars, pas problème !
- Mais, où est-elle ?
- Pas ici, île Phuket, nous faire tourner filles. J'organise pour toi possible île Phuket, c'est quoi ton nom ?
- David
- Ok, David, donne téléphone, j'appelle toi ce soir.

Je voyais à son regard que j'étais le pigeon américain parfait.
L'important n'est pas la marchandise, l'important c'est d'avoir le client.
Je la quittai, et lui glissai cinquante dollars pour l'appâter, le nerf du sexe comme le nerf du commerce, c'est le pognon, sachant que le nerf du bœuf, c'est son sexe !

Nous étions peut-être sur la bonne piste.
Harold et Nancy n'en revenaient pas, mais Jennifer nous échappait toujours. Il fallait attendre hypothétiquement l'appel de Sumalee dans la soirée. Elle avait mordu à l'hameçon, donc logiquement elle appellerait, espérant se faire un gros paquet de dollars sur mon dos de blanc pervers, sadique, violent.

La décision fut prise de se donner quartier libre pour cette fin d'après-midi et de se retrouver au Park Hyatt Bangkok à vingt heures, au Bar Lounge de l'hôtel. Je décidai d'y aller tout de suite, pour profiter des commodités. A peine avais-je franchi l'énorme porte tourniquet du hall d'entrée, que je tombai nez-à-nez, ou plutôt nez-à-seins sur Gabriella, l'hôtesse rouquine, car elle portait un décolleté qui ne laissait rien ignorer de sa superbe poitrine aux mamelons agressifs.
Il n'y avait pas que Sumalee pour avoir avalé mon appât. La pêche au vif, c'est toujours efficace !

C'est comme cela qu'on attrape les plus beaux poissons !!!

Je décidai de m'adresser à Gabriella ingénument :

- Bonjour Gabriella, que faites-vous ici ?
- Ha ! Ha ! Trop drôle David, j'aime ton humour ! Mais cette fois, ça ne prend pas !
- Bon, c'était pour blaguer…
- Ha ! J'aime mieux cette franchise. Moi, je vais droit au but, quand quelqu'un me plaît. Et le gentil coquin David de l'avion m'a mis l'eau à la… bouche…
- C'est top de dire cela !
- Mon esprit et mon corps ont envie d'exalter… avec toi. J'aime aimer, j'aime donner de l'amour et en recevoir avec un beau mec.
- Ouais, c'est une exaltation à assouvir à l'horizontale. L'horizon de ma chambre n'est pas loin…
- David, je suis entre deux avions, je voulais te revoir absolument, j'ai besoin d'absolu avant ce soir vingt et une heures. Après, je repars vers l'Europe.
- C'est super Gabriella, l'absolu n'attend pas ! Ne perdons pas une seconde, montons… à mon ciel… de lit !

L'amour est le plus matinal de nos sentiments.
Fontenelle, philosophe centenaire (1657-1757)

Hic et nunc.
Ici et maintenant, l'amour sera le plus fort sentiment de l'après-midi.

Gabriella se pâma devant la vue plongeante sur Bangkok sous le soleil. La lumière aveuglante était trop violente, je m'empressai de baisser les stores pour la tamiser, je voulais qu'il fasse sombre au bord de nous-même…
En donnant raison à Henry Miller, je dirais que les hommes ont besoin de roses dans leur vie, ça les apaise.
Là, c'était une rose… rousse… Son odeur est épicée, envoûtante comme celle des roses noires. On aime ou pas. Moi, j'aime, ça excite, ce musc, ça surprend, ça change, ça réveille le cerveau reptilien du temps des cavernes. S'envoyer en l'air avec une hôtesse de l'air rouquine, ça pourrait être le titre d'un bouquin de quai de gare… Why not !
Ce fut un décollage rapide, en pilotage automatique, puis, vol à vue et tactile, guidé par la généreuse poitrine chaude aux longs tétons de Gabriella qui s'acharnait sur mon protubérant « manche à balai », manuellement et de ses lèvres charnues, tout en ne laissant pas dans l'oubli mon train d'atterrissage… De nébuleuse en nébuleuse, l'acmé du plaisir arrive vite, nul intérêt de trop le retarder, sinon de l'affaiblir.

Jeux de mains, jeux de… langues, pas vilains, les deux orgasmes nous permirent d'atterrir sains et saufs, repus... repos !
L'heure de la séparation arriva, avec les échanges de téléphone et les promesses… rarement tenues, mais, qui sait… life continue.

Dans une taverne, je demandai à un vieux sage de me renseigner sur ceux qui sont partis. Il m'a répondu : « Ils ne reviendront pas. C'est tout ce que je sais. Bois du vin ! »
Robaiyat – Omar Khayyam

Moi, Nancy et Harold, ou dans l'ordre qui vous plaît, étions attablés au restaurant panoramique du Park Hyatt. Il faisait nuit, les perles de lumière multicolores des buildings dansaient sous l'air encore chaud. Spectacle où il ne manquait que Steve. Manque de rigueur, incertitude trop importante, et il n'était plus des nôtres.
J'expliquai à Nancy et Harold que tout doit être blindé, bunkerisé, casematé, aucune place à l'imprévu : l'imprévu doit être prévu ! C'était du H.L. Mencken pur jus !
J'exigeai quinze secondes de silence pour Steve, puis nous entrechoquâmes nos coupes.
Papotage sur la vie en Thaïlande, en espérant que mon téléphone s'agite. Nous en étions au dessert quand mon téléphone se mit à sonner. Ouf ! Ouf ! Je me dépêchai d'avaler ma bouchée de mangue et de glace vanille :

- Allo, j'écoute !
- Sumalee ici.
- Bonsoir Sumalee !
- Bonsoir David, toi toujours ok pour jeune blonde américaine ?
- Oui, toujours ok.
- Ok, toi, écoute ! Demain soir, Phuket, tu vas maison copain à moi. Maison Papana, à Bang Tao, Boat avenue. Toi demander Papana.
- Quelle heure ?
- Vingt deux heures, toi donner dollars à Papana, trois-cent cinquante dollars, tu fais

ce que tu veux à fille. Tu peux abîmer beaucoup fille, cent cinquante dollars plus, ok ?
- Ok, see you later Sumalee.

Elle raccrocha.
C'était bref, direct, efficace, comme le sont les femmes Thaï.
J'allais me glisser dans la peau du pervers, du sadique sexuel qui n'arrive à être excité qu'en infligeant des douleurs à l'autre (Sade aurait apprécié en connaisseur…)
Je décidai d'adopter pour le lendemain une tenue supposée de psychopathe, si tant est qu'une telle tenue existe. Ça m'aiderait à rentrer dans la peau du personnage. Ne pas se raser, ne pas se coiffer, mettre des vêtements sans forme, négligés, non repassés, avec de vieilles tennis aux pieds, c'était un bon début, pour tromper son monde.

L'habit fait le moine.
Napoléon Bonaparte

Hôtel – Taxi – Aéroport – Avion – Aéroport – Taxi – Hôtel, quand vous commencez à ne plus aimer ça, c'est que vous avez vieilli… vous passez du printemps à l'hiver sans vous en apercevoir… Il faut toujours avoir soif de la vie. Le secret est d'arriver à garder son âme d'enfant pour continuer à s'amuser et rire de tout !

Notre plan pour ce soir, c'est qu'on n'avait pas de plan… trop d'inconnues !
Il fallait espérer que la « jeune blonde américaine » serait Jennifer, et, seulement dans ce cas, agir par la force. Tout seul ?
Hum ! Hum ! Ce serait surprenant.
Harold plus Nancy plus moi plus un autre gaillard plus un chauffeur, là, c'est possible, car ces sortes de bordels thaïlandais sont infestés de bandits armés, encadrés par la police qui patrouille et les protège. C'est leur business, leur poule aux œufs d'or.
Ce n'était pas certain de réussir, c'était même l'incertitude. Si nous échouions à Phuket, ce serait l'inévitable suite, c'est-à-dire le dépeçage de Jennifer, car son circuit de vie approchait de sa fin si nous ne réussissions pas à la récupérer sous peu.

François Villon disait : « Rien n'est certain que la chose incertaine. »
Réussir ou ne pas réussir… que d'oxymores dans ce chapitre !

L'important était le premier contact, repérer les lieux, pour échafauder quelque chose sur le deuxième rendez-vous. L'antenne américaine de Pat Pong à Phuket était derrière nous, l'Ambassadeur et sa femme prévenus qu'il y avait une possibilité de récupérer Jennifer et de mettre fin à leur cauchemar. C'était pour leur redonner de l'espoir.
Patience.

Autant passer le temps à se faire plaisir avant vingt-deux heures.
Se goberger, faire bombance, était la meilleure chose d'ici là. Attablés dans un basique restaurant de Road Avenue, nous attendions nos plats avec avidité, n'ayant rien avalé depuis le matin.
Harold avait choisi un Somtam, c'était une base de salade verte de papaye avec pousses de soja, très épicée, grâce à des petits piments. Nancy, plus sage, un panang curry, au lait de coco bien sûr. Moi, un classique pad thaï, aux nouilles sautées et germes de soja, avec des queues de grosses crevettes. Le tout arrosé de bière Singha, à l'effigie d'un lion dressé sur ses pattes arrière.
Le dessert fut le même pour tous les trois, un khao niao ma maouang, c'est-à-dire du riz gluant au lait de coco, avec des tranches de mangue.
Si vous n'aimez pas le lait de coco et les mangues, la Thaïlande n'est pas faite pour votre estomac, vous vous êtes trompés de destination !

L'antenne de Pat Pong nous avait équipés d'armes de poing puissantes, le classique automatique 9mm Smith&Wesson muni d'un silencieux. Je ne pouvais prendre le risque d'en porter un, une fouille pouvait avoir lieu à l'entrée du bordel. Je n'aurais sur moi que des dollars, la meilleure arme, c'était une fois de plus le nerf de la guerre, de cette « guerre ». Le dieu dollar qui ouvre toutes les portes se portait bien, qui fait s'agenouiller tout le monde, même les princes et les rois, ne nous inquiétons pas pour son avenir !

Chacun vit par la vente de quelque chose.
R. L. Stevenson – *Beggars* (1886)

Agir le ventre plein, c'est mieux, c'était l'heure d'agir, plus le temps de finasser, car celui qui finasse… échoue. Donc, pas de place au doute, place à l'action !

Je laissai Harold et Nancy au restaurant. Nous avions garé en face une fourgonnette, c'est là que je les retrouverais, il y aurait un garde du corps et le chauffeur. Après une petite minute de marche, j'étais devant la maison Papana, impossible à rater, une enseigne clignotante rouge disant : « Papana, sexe à gogo ». J'étais crispé, normal, j'inspirai profondément et franchis le seuil du bordel. Je fus surpris instantanément par le silence qui régnait à l'intérieur, nul bruit. Un grand hall me faisait face, les murs recouverts de tentures

rouges, le plafond rouge aussi, c'était feutré, apaisant. Seule la moquette épaisse était noire. C'était une maison de luxe.
Je m'avançai lentement vers le fond du hall où trônait un haut meuble comme on en voit dans les théâtres, et où votre menton arrive tout juste au rebord. Personne derrière. Était-ce de bon augure ?
Il y avait une sorte de clochette avec son marteau que je soulevai et laissai retomber d'un coup sur le timbre de cuivre qui fit retentir un son cristallin. A peine trois secondes s'étaient écoulé qu'une ravissante et pulpeuse Thaïlandaise, lourdement maquillée, surgit, moulée dans un sarong multicolore. C'était une apparition digne d'un théâtre de marionnettes, mais là, pas de « Bonjour les enfants ! Comment ça va ? Est-ce que vous avez été sages à l'école ? », mais un bref :

- Bonsoir monsieur ! dit-elle.
- Bonsoir, madame je voudrais voir Papana.
- Toi, rendez-vous ?
- Oui.
- Quel nom ?
- David.
- Toi, attends ici.

Trois minutes plus tard, la Thaïlandaise refit son apparition, toujours souriante.

- David, toi suivre moi, Papana voir toi, ok.

Elle écarta le rideau qui donnait sur un escalier recouvert d'une moquette rouge. Je la suivis, contemplant ses petits mollets ronds d'asiatique, tout en respirant un fort parfum de coriandre dont elle s'était aspergée généreusement. Arrivée au palier, elle s'écarta pour me laisser passer et un garde du corps me barra le chemin. Il me fit comprendre par gestes d'écarter les bras pour la fouille. J'avais bien fait de ne pas m'équiper d'un flingue. Le garde, satisfait, me fit signe de le suivre. Il s'arrêta pour ouvrir une porte, et lui aussi s'écarta pour me laisser entrer. Je pénétrai dans l'antre de Papana. Il était assis derrière un bureau recouvert de revues pornographiques et me fit une très mauvaise première impression, il était très maigre, le visage creusé avec beaucoup de rides. Certainement fumeur d'opium invétéré. C'était un serpent au regard froid, fuyant. Le mafieux asiatique, vicieux comme on n'aime pas, très dangereux à se méfier, un tueur au sang-froid, je n'aimais pas ça, surtout désarmé, car ce sont des malades imprévisibles dans leurs réactions... un dingue.
Il m'invita à m'asseoir et rentra dans le vif du sujet, mais poliment.

- Bonjour, vous avez dollars, David ?

Je sortis de ma poche la liasse de billets et les déposai sur le bureau. Sa main s'abattit dessus, et sans même compter, les fourra dans un tiroir.
Je lui dis :

- J'espère fille, jeune blonde américaine ?
- Oui, oui, pas problème, pas inquiétude.
- Je préfère voir fille, discuter avant, et si ok, choses sérieuses demain soir, ok ?
- Oui, oui, ok, mais redonner dollars.
- Oui, demain soir.

J'essayais par ce curieux subterfuge du sexe le lendemain, l'endormir et lui laisser espérer d'autres dollars, c'était notre tactique. En fait, si c'était Jennifer, nous passerions à l'action immédiatement, dans les minutes qui suivraient mon retour à la fourgonnette.
Attendre vingt-quatre heures de plus était une mauvaise solution, tout pouvait arriver dans ces vingt-quatre heures, et ne plus savoir où se trouverait Jennifer s'il changeait d'avis, méfiant, se contentant des dollars que je lui avais remis.
Papana se leva, m'accompagna jusqu'à la porte qu'il ouvrit et me dit, souriant vicieusement en me laissant passer :

- Sur la droite, porte 5.

Pour l'instant tout s'enchaînait comme prévu.
Dès que Papana referma la porte de son bureau, je m'avançai prudemment dans le couloir peu éclairé, je ne tapai pas à la porte 5, mais l'ouvris et la refermai rapidement. Il y avait très peu de lumière dans la pièce meublée d'un grand lit, d'une table, de deux chaises et d'un lavabo. Dans un coin, une femme assise fumait, la tête baissée,

les cheveux blonds longs, ne portant qu'un slip noir, les jambes croisées, chaussée d'escarpins blancs.
Je m'approchai, tout en disant :

- Bonsoir !

Ça lui fit relever la tête, là c'était très moche. Le visage émacié, de profonds cernes bleus, noirs autour des yeux, l'œil terne donnant une apparence éthérée, les lèvres gercées, violacées. Ses joues étaient marbrées comme après de violentes gifles. Son corps, ses seins, ses bras, ses cuisses, étaient recouverts de bleus. Je repérai même des brûlures faites par des cigarettes.
Était-ce Jennifer ?
Oui, assurément, mais dans quel état ?
Des vicelards, sadiques, méchants, violents, pour arriver à jouir, étaient passés sur son corps. Elle avait passé de sales moments.

Il y aura des vices, tant qu'il y aura des hommes.
Tacite – *Histoires* (IIème siècle)

J'essayai d'engager le dialogue discrètement, sachant qu'il y avait inévitablement des caméras et des micros.

- Bonsoir, quel est ton prénom ?

Pas de réponse, elle baissa la tête, contemplant sa cigarette. Elle était dans le cirage, je continuai mon monologue, volontairement idiot.

- Je ne te veux pas de mal, juste faire l'amour avec toi.

Toujours pas de réaction.
La dose de drogue qu'on lui administrait la rendait complètement atone. Rien à en tirer de plus maintenant, ils l'avaient rendue accroc à une ou plusieurs drogues et, pour elle, c'était devenu sa seule satisfaction, son seul plaisir. Tout le reste sûrement elle s'en foutait, ils l'avaient transformée en une camée.
Pour que l'entrevue ne semble pas trop courte, je m'assis à côté d'elle, lui passai un bras sur les épaules et la cajolai. J'eus l'impression qu'elle eut une réaction de surprise à cela. Je finis par me lever, sortis de la chambre, Papana m'attendait dans le couloir.
Je lui dis, pour l'endormir :

- C'est ok, fille ok, je reviens demain, vingt-deux heures avec dollars, pour m'occuper d'elle.

Papana lâcha un sourire vicelard qui en disait long sur ce qu'il avait dû faire subir lui aussi à Jennifer, il s'en retourna dans son bureau. Je me dépêchai de descendre l'escalier, rejoignant la fourgonnette en trottinant. Je leur dis :

- C'est ok, c'est Jennifer ! Allez, on la récupère ! Pas une minute à perdre, à l'attaque !

Le chauffeur démarra instantanément, j'eus juste le temps de me saisir d'un flingue avec silencieux que me tendait Nancy, et la fourgonnette s'arrêta devant la maison Papana. Le tempo était parfait. Une fois engouffrés dans le hall, moi en tête, il n'y avait pas la Thaï avec son sarong multicolore, elle était chanceuse… car nous l'aurions abattue tout de suite sans hésiter.

Une fois arrivés en haut de l'escalier, nous nous heurtâmes au garde qui n'eut pas le temps de se servir de son arme, surpris. Je lui tirai une balle dans la poitrine, et une fois à terre, une autre dans l'oreille. Le bruit du corps s'écroulant fit sortir Papana de son bureau, interloqué. Le temps de réaliser ce qui se passait, Harold lui fit subir le même sort qu'au garde. Nous étions débarrassés de ces deux bandits, c'était une satisfaction.

Arrivés dans la chambre 5, Jennifer était allongée sur le lit, toujours dans les vaps.

Harold et moi lui glissèrent une main sous chaque aisselle, et soulevée, ses pieds ne touchaient plus le sol, elle était devenue un poids plume, nous nous dirigeâmes vers l'escalier. Notre garde du corps était resté en faction devant l'entrée, pour sécuriser notre sortie. Ce fut un immense soulagement quand la porte à glissière de la fourgonnette se referma sur nous. Il ne nous restait plus qu'à rejoindre l'antenne américaine de Pat Pong, à moins de deux kilomètres, sans tomber sur un barrage de police, classique dans ces pays. Mais, c'était un soir de semaine, donc calme, heureusement pas d'anicroche. La tension retomba une fois rentrés dans le parking. Nous avions réussi, un miracle dans ce genre de rapt. Une fois de plus, le succès tient à la vitesse et à l'effet de surprise.

Passer trop de temps dans les détails vous fait tout rater.
Charles Bukowski – *Le retour du vieux dégueulasse*

Une fois prévenus, l'Ambassadeur et sa femme nous félicitèrent par téléphone, mais ils n'avaient pas encore vu l'état de Jennifer. Harold, Nancy et moi préférions ne pas être là pour les retrouvailles, ce n'était plus de notre ressort, nous avions fait notre job.
Nous serions déjà dans l'avion pour Bangkok, quand eux arriveraient à Phuket. Une équipe médicale s'affairerait sur leur fille. Ils auraient besoin d'au minimum deux mois pour sevrer Jennifer progressivement, sinon un arrêt brusque la ferait mourir. Dans quel état mental serait-elle au bout de ces deux mois… c'était l'inconnu. Certaines drogues vous transforment en légume rapidement, sans espoir de retour à la normale, espérons qu'elle s'en sortirait sans trop de dégâts. Nous avions fait notre boulot, la suite ne nous regardait pas, ce n'était plus notre problème, il en restait encore deux à régler en Thaïlande, la partie était loin d'être terminée.

Une fois revenus au Hyatt Park, j'appelai Sofka, m'attendant au pire. J'étais invulnérable amoureusement pour les femmes, sauf pour Sofka, car elle connaissait mes points faibles, comme celui d'Achille. Pour moi, c'était un plus entre nous deux, notre intimité était renforcée. Avec encore deux affaires à régler, Sofka n'entendrait pas mon rasoir électrique, ni mes vocalises dans sa salle de bains tout de suite. J'allais lui annoncer cela … hum… hum… prudence, problème.

- Bonsoir, ma douce Sofka…
- Bonsoir, mon David ! Que me vaut ton appel ?
- Sofka, ça avance, déjà une affaire de réglée, il n'en reste plus que deux.
- Ah ! Oui, plus que deux… David, tu devrais rester en Thaïlande, trouve-toi une Thaïlandaise, ce serait mieux pour toi et pour moi !
- Ne dis pas ça, quand je reviens, ce sera la fête, je n'accepterai pas de nouvelle mission avant longtemps. Tu sais que je pense à toi à chaque seconde.
- Mais oui, mon David, moi aussi je pense à toi, reviens-moi vite, mon cœur te réclame !

Aimer et se faire aimer sont deux choses bien différentes.
Honoré de Balzac

Avec Sofka, je faisais les deux… et vice-versa…

J'avais convoqué Nancy pour le petit-déjeuner. Mon intention était de ne pas moisir à Bangkok.

- Nancy, peux-tu m'en dire plus sur la nécessité d'un tireur d'élite. Steve m'en avait touché un mot, alors que le Général Warren ne m'en avait pas parlé.
- David, c'est le plus gros bonnet de la drogue en Thaïlande. Il ne sort jamais de sa propriété, il est prudent. Il inonde avec sa drogue quasiment tout Washington et New York, s'il est éliminé, ça ne réglera pas le trafic, mais ça aidera à le ralentir.
- Alors pourquoi moi ? Je ne suis pas le seul tireur d'élite.
- C'est vrai, mais étant sur place pour Tom et Jennifer, c'était d'une pierre deux coups, et au final trois coups. Avec toi David, tout réussit, tu es un pro, tu me plais, tu me fais craquer.

Entendant cela, le goupil qui sommeillait en moi se réveilla, mon ange gardien aussi … Cette réflexion ne tomba pas dans l'oreille d'un sourd. Je décidai de profiter de cette ouverture, pour la draguer en lui disant :

- Nancy, toi aussi tu me plais, tu es très sexy, la tension accumulée… il faut relâcher la pression.

- Tu as raison David, il faut songer à se faire plaisir, c'est important, tu ne trouves pas ?
- Ok, Nancy, retrouvons-nous ce soir au bar de l'hôtel.

La soirée s'annonçait tip-top, une fois de plus j'allais effeuiller la marguerite

... ce miracle étourdissant qu'est la vie.
Gide – *Les Nouvelles Nourritures*

Dans l'après-midi, je ne fus pas surpris de recevoir l'appel de John Warren, il me félicita d'avoir récupéré avec succès Jennifer, et d'avoir élucidé par la même occasion les causes du décès de Tom à Paris. Il me confirma que c'était lui qui avait insisté pour que ce soit moi le tireur d'élite, et toujours moi pour mettre hors d'état de nuire quelques médecins et chirurgiens liés au trafic d'organes humains en Thaïlande, ça les refroidirait… c'est le cas de le dire.

Un peu de repos, et c'était déjà l'heure de rejoindre Nancy au bar.
Ils passaient justement Nina Simone et son envoûtant « I wish I knew…[11]». Ambiance feutrée, musique de jazz, lumières tamisées, deux pinas coladas, c'est le succès assuré.

---

[11] J'aimerais savoir…

Je branchai Nancy sur ses parcours de vie. J'appris beaucoup. Au bout de ces deux années à Bangkok, seule avec son fils, elle ressentait le mal du pays. Il était temps pour elle de revenir en Floride.

Un peu plus tard, confortablement installés au restaurant, nous attendions nos plats bien sagement. Deux currys de bœuf au lait de coco pimentés, difficile de se lasser de ce plat, quel régal ! Pareil pour le dessert, deux khao niao mamouang… lamelles de mangue fraîche, lait de coco, riz gluant.
Nancy était en manque de contact tactile. Je la rassurai en tous points. Ce serait tendre, ce qui est bien. Elle avait plus besoin d'être cajolée que de sexe, donc pas de délire ce soir, je mettrais mon imagination érotique sous le tapis. Tendresse et caresses sages suffiraient. Ça me convenait pour ce soir, une fois n'est pas coutume, et puis ça change, quoique sa taille de guêpe et ses gros seins aux mamelons sans tétons offraient par contraste une vision surprenante. Ce serait un grand petit coup à la papa-maman, retour aux sources. Rien à dire, sinon que ce retour aux sources était excitant. Je sentis à certains détails que Nancy tombait amoureuse, normal… Je ne veux pas passer pour un salaud, encore moins pour un profiteur. J'expliquerais cela à Nancy le lendemain matin, ne pas gâcher la fête.

La nuit chaude, douce, parfumée, tropicale, nous engloba, nous berça et nous fîmes honneur au soleil, en le laissant se lever le premier.

A goupil endormi ne choit rien dans la gueule.
Vieux proverbe français

Après le plaisir, place au travail. J'avais hâte d'avancer sur l'élimination physique, pour me rapprocher du retour à la maison.
Home, sweet home.
Mais d'abord il fallait s'armer, et pas que de patience.
John Warren m'avait fait parvenir par la valise diplomatique deux fusils. Un 300 Winchester Magnum… non, ce n'est pas le nom d'un magnum de champagne ! Et un Mc Millan Tac-50, venant direct de Phoenix dans l'Arizona, arme commençant à dater, mais j'y étais habitué, ce sera donc le Mc Millan, comme tout bon travailleur manuel habitué à ses outils qu'il sait utiliser les yeux fermés.
La distance idéale pour cette arme utilisée par les snipers est aux environs de 1800m. Dans ce cas, la balle met à peine plus de 3 secondes avant d'atteindre son but. Mais c'est long 3 secondes, il faut que la cible ne bouge pas. Beaucoup de paramètres à prendre en compte, le vent, la température de l'air, le relief, l'altitude… Son calibre 12,7 mm… c'est du gros ! Le poids de la balle : 42g, c'est du lourd, c'est le poids d'une

balle de tennis. Le poids de l'arme 12 kg… c'est hors norme, ça fait « bobo » à l'arrivée, même sur un char. De plus, ses balles sont faites en uranium appauvri, donc plus dures que l'acier. Ces balles s'enflamment à l'impact et projettent des débris dans un rayon de plusieurs mètres, ce qui ne laisse aucune chance de survie aux personnes dans l'entourage de celui qui est pris pour cible.

La guerre engendre plus de bandits qu'elle n'en tue.

H. L. Mencken – Dictionnaire des citations – New York 1946

Tek.
L'homme à éliminer se surnommait Tek.
Il le portait bien son surnom, car il était petit.
Être un nabot pour un homme, est-il un avantage dans la vie ? Je suis affirmatif, oui, à tout coup ! Regardez autour de vous, le pourcentage de ces « Mickey » en politique, dans le showbiz… ils n'ont de cesse de vouloir se grandir, ce qui se comprend… Ces nains de jardin ont vite compris que, s'ils veulent avoir du succès auprès des femmes, il faut qu'ils se grandissent financièrement, socialement… donc, ne plaignez pas les parents qui ont un enfant petit, bien au contraire, félicitez-les en leur disant avec humour « Il ira loin, ce petit ! »
En revanche, plaignez l'intéressé, car il ne sera jamais aimé pour lui-même…pas de pot, ils le savent, ils en sont malheureux au fond d'eux-mêmes, mais n'en laissent rien transparaître.

La porte de l'amour, sans argent, lui sera refusée, l'œil de sa femme sera dans sa bourse (sans jeu de mot).

Ce Tek n'échappait pas à ce postulat. Mais, c'était de plus un sanguinaire, un assassin bon pour l'asile, au parcours parsemé de tueries, de truanderies dignes de bandits des anciens temps, devenu au fil des années un psychopathe, un malade incontrôlable, ne supportant plus la moindre contradiction, la moindre opposition.

Vous retrouvez le même comportement chez les hommes politiques. C'est comme cela que vous en arrivez à un Staline qui, dans sa folie, s'est débarrassé de vingt millions « d'opposants ». Faut faire gaffe avec ces nabots !
Vous rendez-vous compte de ce chiffre ? Vingt millions de morts… c'est ubuesque, c'est incroyable, mais vrai… No comment.
Comme disait Céline, *il faut se méfier de l'homme, toujours*.
Prudence.

Comment, pourquoi les hommes ne font pas de garde-fous contre de tels hommes, puisque ces « dirigeants » évoluent toujours vers cette démence !? Vous avez, hélas, la réponse, c'est la folie des grandeurs. C'est parce que ceux qui sont les seconds couteaux espèrent prendre leur place, et reproduire le même schéma.

Comme on fait la guerre avec le sang des autres,
on fait fortune avec l'argent d'autrui.
André Suarez – *Voici l'homme* (Albin Michel)

Voilà le topo que me présentaient Harold et Nancy. Ils m'organisèrent un circuit en voiture, pour me montrer où se terrait Tek. Il habitait une immense maison à Monthaburi, à vingt kilomètres au Nord de Bangkok, bordée à l'ouest par le fleuve Chao Phraya. C'était un château fort entouré d'un mur digne d'une prison, huit mètres de haut, sauf côté fleuve, il devait se sentir en sécurité de ce côté-là, puisqu'il n'y a rien. Le fleuve, plus un terrain vague, presque deux kilomètres de no man's land. Un peu moins qu'une distance entre l'Arc de Triomphe et l'Obélisque de la Concorde. Inutile de chercher à y rentrer, c'était Fort Knox. Mon instinct de chasseur m'avait dicté la seule possibilité, la rive opposée. En patrouillant, nous découvrîmes à cinquante mètres dans les terres une typique tour horloge thaïlandaise, c'était parfait, ce serait mon mirador. Ma balle ferait office, tel un commis de notaire dans l'ancien temps, de « saute-ruisseau », ou plutôt de « saute-fleuve » dans ce cas, la traque allait se mettre en marche.

L'homme habile est supérieur à l'homme fort, ce qui est fort compréhensible, d'où les arts martiaux.

L'ambassade américaine, dollars à l'appui, eut l'autorisation, le jour même, de pouvoir privatiser l'accès à la tour horloge, sous prétexte du tournage d'un film touristique. Il n'y avait plus qu'à localiser Tek. Là, c'était mon job, je n'avais besoin de personne, de A jusqu'à Z. Je n'avais jamais échoué, mais pour ne pas échouer, il faut être un pro, il ne faut pas être distrait. Donc, travail en solo. Il serait temps, après la réussite, de fêter cela à plusieurs, l'âme de Tek était entre

mes mains et ne pesait pas lourd maintenant, si pas de changement.
Un tir réussi à cette distance, légèrement inférieure à deux mille mètres, avec survol du fleuve, n'était pas envisageable de jour. Les masses d'air chaudes, humides, réchauffées par le soleil, créaient des courants ascendants et descendants non maîtrisables, impropres à un tir de précision. C'était, comme nous disons, nous les Yankees, un « one shot only », une seule chance. Il fallait attendre la nuit tombée que tout se calme, que tout s'apaise. J'étais prêt, j'étais tout de noir vêtu.

Le premier jour, équipé de puissantes jumelles, j'observais et n'aperçus pas la moindre silhouette du mort-vivant. J'étais patient, c'est la qualité première d'un tireur d'élite.

Patience et longueur de temps font plus que force, ni que rage.
La Fontaine, fable *« Le lion et le rat »*

Le deuxième jour, enfin, je le localisai dans ce qui devait être son bureau, contigu à sa chambre. Je rangeai mon matériel et allai rejoindre Harold et Nancy au bar de l'hôtel. Je leur expliquai que, si tout se passait bien, c'en serait fini de Tek ce soir. Et dans ce cas, direction l'Ambassade pour s'y réfugier et voir venir, ce serait plus prudent si nous étions identifiés, car la police et les politiques en place n'apprécieraient pas, risque pour eux de ne plus toucher leurs pots-de-vin avant longtemps.

Après un souper léger, j'étais prêt. Direction la tour horloge. La nuit se faisait place, les insectes se réveillaient et s'activaient, moustiques compris. Il n'y avait rien de pressé. J'installai mon poste de tir, et m'allongeai derrière la lunette. L'air était encore chaud, la lune à son premier quart, ce qui était bien. Moment du retour au calme, tant cardiaque que mental. Les lumières dans le bureau et la chambre de Tek n'étaient pas allumées. Comme souvent avant la tempête, je pensais à la vie, à ma vie. Cette gnose, cette connaissance de soi, m'était indispensable, j'avais appris que pour bien vivre, il faut aimer, aimer sauter, aimer rire, aimer respirer, aimer contempler, aimer apprendre, aimer partager, aimer l'autre et bien sûr s'aimer.
C'était le sens de la vie. Si l'on n'y met rien, on n'a rien. Si l'on y met beaucoup, on a beaucoup. Que de lapalissades ! Tout cela aboutit à l'intelligence du cœur. On ne devient pas intelligent du cœur en sept années d'études, pas d'école préparatoire, pas de diplôme qui fige tout, non ça ne se cultive pas comme les poireaux, moi qui suis anti-diplôme, anti « numerus clausus », anti-caste, non rien de tout cela. L'important, ce sont vos quinze premières années de vie au contact de vos parents, à condition bien sûr qu'ils

fassent partie de ce « club des gentils », sinon c'est plus difficile, mais pas impossible…
Certaines lectures aident à acquérir cette intelligence du cœur.
L'intelligence est-elle héréditaire ? Oui, non !?...
Une forme d'intelligence certainement…
Mais l'entourage est primordial.
Développer l'esprit critique, l'imagination, le côté poète, la sensibilité, la douceur transmise jour après jour par votre entourage paternel, maternel, vos grands-parents. Ne pas oublier les pensées des « Anciens », Marc-Aurèle et le manuel d'Épictète, qui ne doivent pas être zappés ! C'étaient des pensées à saute-mouton, à saute-la-vie, qui m'étaient vitales.

Vivre, c'est aimer et principalement aimer la vie.
Blanche Pierson – Actrice célèbre née à la Réunion (1842-1919)

D'un coup, mes paupières qui s'affaissaient progressivement sous ces pensées lénifiantes se soulevèrent comme celles d'un reptile alerté par un bruit. Là, c'était la lumière qui avait heurté ma rétine.
Fiat lux !
Le salon, puis la chambre venaient de s'éclairer.
Je collai un peu mieux mon œil à l'objectif et j'observai. Il ne se passa rien pendant plusieurs minutes. La sueur coulait de mon front vers mes sourcils, puis atterrissait sur mes paupières, ça me

brûlait les yeux et voilait ma vision. Je m'épongeai. Tek apparut, il allait et venait dans les deux pièces, sans marquer de pause. Je n'allais pas viser à la tête, mais au sternum. S'il était touché, le trou de rentrée de la balle serait de la taille d'un ballon de hand-ball, de plus la balle en uranium appauvri exploserait et enverrait dans toutes les directions de son corps des éclats enflammés mortels. Je gardai Tek dans ma mire. J'attendais.
Tek se dirigea vers la fenêtre du bureau, l'ouvrit, s'immobilisa et sortit de la poche de sa chemise un paquet de cigarettes et un briquet. Il pinça une cigarette entre ses lèvres.
J'appuyai sur la détente, recul violent de la crosse… La mort voyageait vers lui à 600m/s.

Première seconde, il se saisit de son briquet, la mort se rapprochait de lui.
Deuxième seconde, la flamme jaillit du briquet, la mort était proche.
Troisième seconde, il aspira la fumée, la mort frappait.
Boum…

Tek n'aura même pas compris ce qui se passait. Une mort instantanée, douce, trop douce pour ce monstre charognard qui aurait mérité la torture, la géhenne. Lui, il avait mérité sa fin, et cette fin c'était un début, une réussite pour moi. J'étais soulagé, je fourrai tout dans le coffre de la voiture et me dépêchai de me mettre à l'abri à l'Ambassade pour y retrouver mes complices et y fêter ma victoire.

Morte la bête, mort le venin.
Proverbe français

Une fois de plus, après toute cette tension accumulée, mon cerveau avait besoin d'évacuer, et le meilleur remède était encore le contact de deux corps, le rapprochement de deux cœurs, l'échange du yin et du yang, j'avais besoin de Nancy. Après avoir salué Harold, je me dirigeai vers Nancy et lui signifiai la réussite par un pouce dressé vers le haut. Elle acquiesça faiblement cette nouvelle. Je me penchai pour lui faire la bise et constatai qu'elle était un peu saoule.
Elle n'était pas faite pour tout ça. Elle n'était pas faite pour toute cette violence, elle n'était pas faite pour toutes ces affreuses émotions imprévues. Non, elle était banalement femme, donc à l'opposé de tout cela. Une femme ne gagne rien à faire un métier d'homme comme celui que je fais… La femme y perd sa condition de femme, sa féminité.
Il faut prendre la femme sans chercher à la comprendre. La femme aime à être dolente.

Nancy avait besoin de consolation, de caresses. J'allai lui remonter le moral, je la saisis des deux mains, tirai d'un coup sec pour la mettre debout, je passai ma main autour de sa taille et la guidai jusqu'à sa chambre. Arrivé au niveau du lit, je lui retirai d'autorité son tee-shirt qui révéla un splendide soutien-gorge rose à balconnet qui avait du mal à contenir et soutenir sa généreuse poitrine. Je fis tomber sa jupe sur le sol, elle se laissa tomber sur le lit, je me laissai tomber sur elle, elle m'enlaça de ses jambes, de ses bras, et se mit à pleurer. S'il y a quelque chose auquel je ne peux résister, ce sont les larmes d'une femme, quelle qu'en soit la raison, un seul remède pour la consoler, la prendre comme on prend un bateau à l'abordage… Peu importe qu'il y ait des blessés, des noyés, des morts, seule compte la possession du navire, j'y enfonçai d'un coup mon sabre d'abordage de pirate, tendu jusqu'à la garde, les coques gémirent sous le heurt. Je lui barattai la poupe violemment, sauvagement, sans retenue. Il n'y aurait qu'une prisonnière, elle l'avait cherché. J'ovalisai le fût sans retenue. Ses tristes larmes de crocodile n'étaient qu'un appel à l'amour, je n'étais pas dupe, et, en connaisseur, j'y lâchai une première bordée salvatrice.

Rien ne sèche plus vite qu'une larme de femme.
John Webster – *The White Devil* – 1608

La nuit fut délicieuse comme toujours sous les tropiques.

Puis le réveil triomphant cher à Victor Hugo fut présent. C'était le garde-à-vous assuré. Nancy, en bonne coquine, n'attendait que cela, ce fut tendre, sensuel à souhait.

8h00, petit-déjeuner.

Tous les trois assis confortablement sur la terrasse panoramique, protégés du soleil déjà agressif par un dais couleur sable, nous discutions décontractés de vacances, de tourisme, surtout pas de boulot, surtout pas de nos vies, moins nous en savions, mieux c'était. Pour preuve, Steve… C'était ce qu'il fallait éviter, mais ça arrive de temps en temps. Ça n'empêche pas une franche camaraderie, nous nous apprécions.
Nous décidâmes d'un commun accord, aux frais de la « Company », d'aller musarder, de faire du tourisme vert, vers le célèbre pont de la rivière Kwaï, puis se familiariser avec les petits éléphants de forêt et leurs habitants, avant le retour à Bangkok et sa jungle humaine. Les forêts tropicales du nord de la Thaïlande ne manquent pas de charme. Les autochtones continuent leur vie ancestrale, loin des tumultes de la vie moderne. C'est dans le nord-ouest de Bangkok que se trouve la rivière Kwaï et son pont de bois, à l'époque rendu célèbre par le livre de Pierre Boulle. Bien que le film de 1957 ait été tourné au Sri Lanka, beaucoup de touristes font le déplacement. La réussite du film, grâce à l'exotisme, les acteurs, la musique interprétée par des siffleurs, période où les peuples se remettaient des horreurs que des hommes avides de dollars leur avaient fait vivre, c'étaient les Trente Glorieuses. Les peuples de la Terre ne veulent

qu'une chose, qu'on leur foute la paix et « vivre en paix », malheureusement les puissants « impuissants » de ce monde, voulant toujours être toujours plus forts et désirant le rester, font un enfer sur terre pour trop de peuples qui, dans leur naïveté, leur gentillesse, ne comprennent pas ce qui se trame dans leur dos et finissent par servir de cobayes, puis de chair à canons.

L'argent est le nerf de la guerre.
Diogène Laërce – 3eme siècle après J.-C. –
Essentiellement doxographe.

Cet intermède nécessaire nous permettrait de nous retaper, recharger nos batteries, pour pouvoir aborder la dernière ligne droite qui serait parsemée des courbes des organes prélevés sur ces innocentes victimes, par ces bourreaux, ces bouchers, ces nazis des temps modernes, assoiffés de leurs vices sexuels et leur besoin insatiable et maladif de posséder toujours plus de gloire et toujours plus d'argent.
Bien sûr, le problème ne sera pas éradiqué, ces hommes sont malades dans leur tête et le resteront, seule leur mort sera salutaire, mais d'autres les remplaceront, c'est tout le problème de notre animalité, problème insoluble ? Seule consolation, si l'on en élimine quelques-uns, ça fera hésiter les suivants ? Il y a toujours un début, accrochons-nous à cette idée, même si nous savons que ce n'est que songe.

Les fous ne seront pas toujours maîtres sur Terre.

Quel délice ces promenades dans cette jungle clair-obscur. Les couleurs, les senteurs, les chants des oiseaux. Une nuit passée en hamac dans une sorte de carbet tenu par des pêcheurs… le Bonheur… Rien de plus simple, rien de plus fort, rien de plus authentique. Partout des sourires, de la gentillesse spontanée à gogo de ces gens heureux de vivre, heureux d'être heureux dans cette jungle, heureux de nous rendre heureux, le cœur sur la main. Même les petits éléphants venaient se frotter à nous, besoin de caresses, besoin d'amour, nos cœurs s'enflaient, nous étions troublés, ce n'était pas nous qui les apprivoisions, c'était eux qui nous apprivoisaient. Les rôles étaient inversés, c'étaient eux les « civilisés », est-ce cela le Paradis ?

En pensant nous approcher des étoiles, nous ne faisons que nous en éloigner.
Il connait l'univers et ne se connait pas.
Jean de la Fontaine - *Démocrite et Les Abdéritains*

Âme slave.

J'eus une pensée qui m'émeut toujours, d'un conte slave[12] dont je me sens proche, de cette Yougoslavie, de ces Slaves du Sud, de cette Serbie :

Une bru jalouse de l'amour d'un fils pour sa mère, lui ordonne, comme preuve d'amour, d'aller tuer sa mère et de lui rapporter son cœur. Le fils s'exécute malgré lui, et après l'avoir tuée, il rapporte son cœur en courant. Il trébuche, tombe par terre, lâche le cœur qui roule sur le sol, s'immobilise, et le fils entend le cœur lui dire :

- Ho ! Mon petit chéri, est-ce que tu ne t'es pas fait mal ?

Oh ! L'amour d'une mère ! Amour que nul n'oublie !
Victor Hugo – *Les feuilles d'automne*

[12] L'auteur a une pensée émue envers son grand-père, philosophe et fabuliste serbe, Milan Voukassovitch, auteur de « A travers la vie » (Amazon)

Amis lecteurs, pour vous amuser :
Avez-vous déjà fait l'amour dans un hamac ?
Avez-vous déjà planté un clou dans une planche suspendue à une corde ?
Moi pas, c'était la première fois, expérience enrichissante… amusante… originale… érotique… périlleuse.

Une fois la nuit venue, Nancy, toujours plus amoureuse, moi toujours plus lâche pour l'alerter qu'il ne fallait pas m'aimer. Nancy, donc, était venue se blottir, se lover dans mon hamac. Les effets de ses fesses chaudes sur mon sexe n'avaient pas tardé et nous étions enlacés. J'essayai de la pénétrer profondément, mais à chacun de mes mouvements pelviens, le hamac reculait, se dérobait, se balançait. Il me manquait le célèbre point fixe d'Archimède pour mon levier qui soulèverait… les fesses de Nancy. Je ne gagnai qu'un minuscule centimètre, vite reperdu. Je devais attendre le balancement inverse pour que nos pubis se heurtent. C'était un délicieux supplice, Tantale s'en mêlait, doublé de Sisyphe. Au final, c'était délicieux. Sensibles au mal de mer, n'essayez pas !
Cette situation aurait plu à Bruce Lee, qui disait : *Sois l'eau, mon ami !*

Enfouis dans le cocon de cette forêt tropicale, volontairement coupés du monde « moderne », nous prolongions cet état extatique, c'était délice,

tout était doux autour de nous, tout était calme, feutré, le temps ne comptait plus, ce n'était que le moment présent, que la jouissance de nos sens, sans prédateur.
Nous aurions aimé grappiller quelques jours, quelques nuits de rab, cela aurait été top !
Mais un matin, l'inévitable coup de fil de John Warren nous réveilla, nous fit chuter du hamac, ce qui stoppa net cette rêverie.

- Hello, David, ça va ?!
- Oui, John, all is well, nous nous ressourcions, nous en avions besoin.
- Je sais, je vous comprends, j'aurais préféré attendre encore quelques jours, mais cela n'aurait pas été raisonnable, désolé, je devais vous réveiller, vous remettre en selle.
- Oui, John, vous avez raison.

On a toujours tort d'avoir raison.
Ferdinand Lop (Humoriste, entre autres… 1891-1974) et auteur de slogans au Quartier Latin à Paris, style « *A se retirer trop tôt, on n'engendre pas* », ou encore « *Partisan pour le raccourcissement de la grossesse des femmes de neuf à sept mois* »)

Il n'était pas bête ce Ferdinand Lop, il essayait, sous couvert de l'humour, de faire passer des messages…

Nous nous étions habitués à ces gentils « sauvages », eux aussi s'étaient habitué à nous les gentils « civilisés ». Même les petits éléphants nous suivaient dans nos déplacements. Tendresse, tendresse sans calcul, sourires, sourires sans retenue, regards, regards sans arrière-pensée. Ça allait au-delà des mots, juste un geste, juste une main posée sur une autre main et le non-dit passait de l'un à l'autre. Nous mangions à leur table, assis en tailleur, leurs plats frugaux. La séduction opérait. Harold ne savait où poser ses yeux, deux adorables nubiles jeunes filles – pardon pour le pléonasme – le courtisaient. C'étaient des fruits de la passion juteux, parfumés, dorés… Pas défendus, non, loin de là, mais s'il y avait planté ses canines… attention zone minée par tant de pureté, par tant d'attente, tant d'espoir. Harold, conscient de cela, les respectait… Avait-il raison ou tort ? Ces jeunes filles n'attendaient-elles pas qu'il leur saute dessus et les croque-mitaine sans retenue ?
Tout cela se mouvait comme dans un songe éveillé. Nous ne prolongeâmes pas les adieux… le cœur était serré.
Comment cela aurait-il évolué sans l'appel de John Warren ? Nous fîmes le classique vœu de revenir ! Nous savions qu'on ne revient jamais…c'était peut-être mieux ainsi…

Adieu panier, vendanges sont faites.
Rabelais – *Gargantua*

Bangkok.

La « Company » sur place n'avait pas chômé durant notre intermède. Mais le Lotus Bleu de Koh-Samui était devenu une coquille vide en quelques heures, la mafia, bien organisée et prudente, avait pris tout le monde de vitesse, il n'y avait plus le moindre indice sur place, tout avait été emporté, même les frigos.
La seule piste à remonter était celle d'un chirurgien qui s'appelait Wang Fang, déjà condamné pour avoir prélevé les deux poumons sur un adolescent, suite à une chute de moto, alors que l'accidenté n'était pas encore déclaré mort. Il s'en était tiré avec seulement une amende. Cela s'était passé dans une clinique privée, la Nerunda Health Clinic, en plein cœur de Bangkok. Est-ce qu'en Thaïlande le serment d'Hippocrate était en vigueur, quand on voit déjà en Occident le peu d'empressement à le respecter au détriment du patient…
Comment l'homme peut-il dormir tranquille en étant un profiteur, un salaud pour l'autre, mystère ?!
Nous, les gentils, sommes les ratés de la création, celui qui a œuvré au départ a raté sa copie…
Constatons lucidement, hélas, que s'il n'y avait eu que des « gentils » sur terre, la race humaine n'aurait pas survécu… Donc, quelque part vivent les profiteurs, les « salauds » ! Oui ? Non ? Vous connaissez ma réponse…

L'ordre de mission de John Warren était clair, identifier les assassins dépeceurs : infirmiers, médecins, chirurgiens… et d'en exécuter quelques-uns une fois certains de leur culpabilité, ça calmerait les autres. Pas de nombre précis, pas de délai, et après, enfin, retour à la niche pour nous trois.

Nerunda Health Clinic, c'était le grand luxe situé dans un quartier chic. S'il se passait quelque chose ici, à nous de le découvrir.
Tous les trois à la réception, décontractés, l'air de rien, nous demandâmes à être reçus par le docteur Wang Fang. La secrétaire nous demanda la raison d'une telle demande. Nancy lui expliqua qu'elle avait un enfant atteint d'une maladie dégénérative des deux reins. Il était urgent de tenter une greffe. La secrétaire nous pria d'aller nous asseoir et alla s'informer en remuant du croupion. Elle revint au bout de quelques minutes, toute guillerette, et nous demanda de la suivre.
Le docteur Wang Fang avait un physique auquel nous ne nous attendions pas. Il avait les yeux légèrement bridés, un corps très maigre, très grand, des mains très fines de pianiste, il nous fit penser à un rapace, l'œil perçant, interrogateur. Il nous indiqua des chaises, et engagea la conversation sans perdre de temps :

- Bonjour, je suis le docteur Wang Fang, ma secrétaire m'a expliqué succinctement votre demande, je constate que vous devez être citoyens américains, pourquoi une telle démarche ici en Thaïlande, pouvez-vous m'en dire plus.

Nous avions décidé de laisser parler Nancy, c'était son rôle de le mettre en confiance.

- Bonjour docteur, merci de nous recevoir. Pour faire bref, j'ai un fils de dix ans qui a besoin d'une greffe des deux reins tout de suite, pas dans un an comme aux États-Unis, où la liste d'attente est trop longue pour mon fils, cette greffe c'est urgent ! Nous sommes venus en Thaïlande spécialement pour ça, car on nous a dit qu'il y avait moins d'attente ici.
- Très bien madame, je comprends, nous pouvons répondre à votre attente, nous en avons les moyens. La Nerunda Health Clinic est spécialisée dans les greffes d'organes, mais vous devez savoir que ce type de greffe, de plus les deux reins, c'est un coût important, d'autant plus si vous êtes pressée.
- Monsieur Wang Fang, le coût n'est pas un souci, ce que je veux, c'est la survie, le bien-être de mon fils. Dites-moi votre prix pour une telle intervention.

Wang Fang n'hésita pas :

- Quarante mille dollars… par rein. La greffe peut être faite très rapidement.

- Oui, je comprends, mais j'ai oublié de vous dire le plus problématique, c'est que le groupe sanguin de mon fils est Rhésus O négatif.
- Ha ! Voilà la difficulté, ce groupe sanguin est rare, je suppose que vous le savez, je peux vous dire qu'aujourd'hui, nous n'avons pas ça en stock à la clinique. Je peux effectuer une recherche sur tout le pays, si vous êtes prêts à verser un acompte pour cela, car le coût sera supérieur à celui précédemment annoncé.
- L'argent n'est pas un problème, monsieur Wang Fang, ce que je souhaite, c'est la santé de mon enfant.
- Parfait, madame, dans ce cas, versez trente mille dollars d'acompte, et je vous garantis que mon équipe sur le terrain trouvera deux reins compatibles pour votre enfant, en moins d'une semaine.

L'argent n'a pas d'odeur, d'où qu'il vienne.
Decimus Juvenal – Poète latin satyrique, auteur de mots comme : *Du pain et des jeux*.

Tout près de la clinique, assis en terrasse à un basique MEZZO COFFEE, nous mettions au point notre plan d'attaque. Il ne faisait aucun doute que Wang Fang était toujours impliqué dans le trafic criminel d'organes, mais pour que le message passe à la Nerunda Health Clinic, il serait

mieux qu'au moins un membre de son équipe soit éliminé. Je vous passe la filature, les prises de photos au téléobjectif. Finalement, l'équipe de Wang Fang se résumait à un gros bras et un infirmier. Les rôles étaient clairs.
Nous allions devoir agir avant qu'ils ne séquestrent et dépècent un malheureux garçon. Ils devaient avoir une liste de proies et allaient se servir comme vous allez au marché acheter des carottes. Cette liste devait s'enrichir au gré des visites à la clinique pour divers bobos ou autres, d'où le fait de pratiquer des consultations gratuites. Ils avaient ainsi une liste de futurs donneurs, de futurs morts-vivants.

Deux jours plus tard, le matin, les choses devinrent sérieuses, car le gros bras et l'infirmier que nous prenions en chasse circulaient en fourgonnette sans aucune discrétion et se dirigeaient vers la plus grande « favela » de Bangkok, Klong Toey, lieu de misère, de déchéance humaine, bien cachée aux yeux des touristes. Pas facile de faire une filature dans cet environnement sans se faire repérer.
Heureusement, il se garèrent en périphérie du bidonville et se dirigèrent à pied vers une cabane. Après avoir tapé du poing sur la porte, comme il ne se passait rien, le costaud la défonça d'un coup d'épaule. A ce moment, la fenêtre sur le côté s'ouvrit, et un garçon enjamba le rebord pour s'enfuir. A peine à cheval sur le rebord, qu'il était

ceinturé et rentré à l'intérieur. Moins de quinze secondes plus tard, le gros bras ressortait, portant le gosse inanimé sur son épaule gauche, comme le fait un charbonnier de son sac. L'infirmier fermait la marche. Direction manifestement la Nerunda Health Clinic. Ça ne plaisantait plus.
Prise en chasse de la fourgonnette, et à l'arrivée, nous nous engouffrâmes dans le parking du sous-sol, à touche-touche les pare-chocs. Les voitures, à peine arrêtées, Harold s'élança vers la fourgonnette, muni de son automatique, prolongé d'un silencieux. Il fit feu à quatre reprises sur le gros bras et l'infirmier, qui n'avaient eu aucune chance, pris de vitesse, et n'avaient pas vraiment compris ce qui leur arrivait, car pour eux, ce kidnapping, c'était de la routine sans danger, puisque n'ayant pas de prédateur, et de plus protégés par la police complice.

Nancy se précipita sur le gosse qui reprenait ses esprits. Moi, j'attaquais l'escalier pour arriver au rez-de-chaussée. J'allai droit vers le bureau de Wang Fang, sans passer par la case secrétaire. J'ouvris la porte et la refermai derrière moi, il était assis derrière son bureau, déjà habillé de la tenue de chirurgien, prêt à tuer, puis dépecer le garçon. Je dégainai et lui balançai un :

- Espèce de monstre, crève !

J'aperçus à son regard une lueur d'horreur, et, chose incroyable, de l'incompréhension. Lui aussi eut droit à une balle en plein cœur et une autre dans l'oreille.

Plus fait douceur que violence.
Jean de la Fontaine.

Cette fois, c'était l'inverse de la maxime, quitte à être en désaccord avec le fabuliste qui savait bien évidemment que la douceur ne fait rien, il ne reste que la violence. En ressortant du bureau, j'aperçus au loin la secrétaire qui me regardait bizarrement. Intriguée, elle ne tarderait pas à aller rendre visite à son patron.

Revenus à l'Ambassade, nous étions satisfaits de la fin de cette deuxième mission, c'était une réussite, le gosse sauvé. Une nurse s'en occupait, là non plus ce n'était plus de notre ressort.
Sans perdre de temps, nous étions déjà en route vers Pattaya. Ce serait le cadre de la troisième mission.
Il n'y avait pas de temps à gaspiller, car la police, les dirigeants, les mafieux, commenceraient à s'exciter après l'exécution de Wang Fang, du gros bras et de l'infirmier.
Normalement, notre séjour devrait être bref à Pattaya. Le trafic d'organes passait par une clinique qui se cachait derrière des soins de chirurgie esthétique : la Nice Clinic. Le chirurgien était identifié, et son homme à tout faire aussi. Toutes les preuves de leurs forfaits ne laissaient

place au doute. Nous allions fondre sur eux, comme un épervier sur sa proie, puis nous envoler vers l'ile de Phuket.
Comme il faut partager les tâches, c'est Harold qui fut désigné. Le mode opératoire était la surprise, doublé de l'effet de vitesse, ce qui aurait plu à Napoléon.

Homme surpris est à moitié pris.
Thomas Fuller – Homme d'église et historien anglais du 17eme

Après une nuit de repos dans un hôtel à touristes, sous de faux noms, Nancy et moi, garés en double file devant la Nice Clinic, nous attendions le retour d'Harold. L'avantage d'un pistolet automatique muni d'un silencieux, c'est que les gens ne réalisent pas ce qui se passe. Personne n'est alerté par le bruit. Harold eut du mal à trouver où se situait le bureau du chirurgien à éliminer, car aucun nom ne figurait sur les portes. Heureusement, il avait la description physique de sa cible, ainsi qu'une photo, et après quelques ratés, il repéra enfin la bonne porte, il l'ouvrit, la referma derrière lui.
Il y avait debout un garde du corps et derrière un bureau, était assis le chirurgien. C'était celui qui était sur la photo. Le garde essaya de s'interposer en barrant le passage à Harold, mais c'était perdu d'avance pour lui, Harold faisant rapidement feu en pleine poitrine, puis il enjamba le cadavre et fit face au chirurgien, qui, affolé, se saisit de son téléphone.
Un téléphone opposé à un automatique…

Il avait mérité la mort au vu de ses forfaits.

Huit secondes plus tard, Harold refermait la porte du bureau derrière lui, sans se presser, il n'attira l'attention de personne, c'était fort bien joué. La punition céleste avait œuvré, cette punition était méritée, ce n'était que justice.

Qui épargne le méchant nuit au bon.
Cléobule de Rhodes – *Maximes* – 6eme siècle av. J.-C.

Pattaya-U-Tupao aéroport.
Direction Phuket

Pour l'instant, nous pouvions encore circuler avec nos passeports, mais c'était certainement la dernière fois, prudence ! Nous allions devenir sous peu « persona non grata », ce qui veut dire « grata » pour les geôles thaïlandaises. La description, voire photos du trio américain, faite par la secrétaire de Wang Fang, n'allait pas tarder à être dans tous les postes de police et de douane du pays. Il était temps de décamper de ce pays.

Phuket et ses cohortes de touristes populaires, beaucoup de Russes bruyants et alcoolisés. Idéal pour passer inaperçus dans cet immense bordel, au propre comme au figuré. Nous étions logés dans un discret appartement de la « Company ». Il devait y avoir un problème, car le coup de fil de John Warren se résuma à un bref :

- David, vous avez deux jours à attendre avant d'être exfiltrés, il y a un contretemps fâcheux.

C'était effectivement fâcheux, car je me voyais déjà dans les bras de mon adorée Sofka, et deux jours de plus, ça augmentait le risque d'être interceptés lors de l'exfiltration. L'eau, froide pour l'instant, ne tarderait pas à entrer en ébullition dans nos cerveaux.

Comme disait le proverbe : « Contre mauvaise fortune, bon cœur. » Oui, si l'esprit et la raison s'en mêlent, c'est gagné.

Mon esprit ne va pas, si les jambes ne l'agitent.
Montaigne – Essais

J'avais décidé de ne plus frayer avec Nancy, pour son bien. Il était nécessaire pour elle de se détacher de moi, moi qui ne pouvais rien lui apporter de sérieux. Moi, le gentil fumiste ! Moi qui n'ai que deux bras… Je ne suis pas un poulpe !
Puisque John Warren nous octroyait deux jours de farniente, autant en profiter. J'expliquai cela à Nancy et Harold. Le danger était d'être repérés. Il était faible, noyé parmi les hordes de touristes. Nous décidâmes de rester groupés, l'union fait la force, dissimulés dans la journée par lunettes de soleil et casquette, c'était moins évident le soir. Tant qu'à s'amuser, direction pour cette première soirée un resto, bar, dancing, gogo girls qui se trémoussaient sur de minuscules estrades, habillées juste d'un string fluo. C'était bien de se changer les idées, d'oublier ce que nous avions vécu. L'alcool, ça aide, ça déplisse le cerveau. Nancy se faisait draguer par un ado britannique, souriant, tout frisé comme un mouton, elle riait de cela, elle appréciait. J'étais content pour elle. Harold, plus classique, discutait ferme avec une mignonne Américaine de la trentaine. Il avait du

mal à détourner son regard d'une magnifique poitrine aux longs tétons pointus, qui gigotaient sous un minuscule tee-shirt, ne demandant qu'à s'échapper pour être caressés, malaxés. Une Thaïlandaise jeune et sexy était venue sans rien demander s'asseoir à mes côtés. Cuisse contre cuisse, nous échangions dans une sorte de « pidgin English »[13]. Je compris qu'elle s'appelait Bhien Dhu. Était-ce Bhien ou Dhu le prénom ? Peu importe, car ce qui me fit sourire, c'est qu'il n'y a pas de mal à se faire « Dhu Bhien » ! J'espère, amis lecteurs, que vous me pardonnerez ce facile calembour !
Je commençai, nous commencions, à être trop alcoolisés. Dans un éclair de lucidité, je me penchai vers Harold, puis Nancy, et leur répétai que, quoi qu'il se passe, nous ne devions pas nous séparer, règle à respecter…. Sinon danger !
Bien m'en prit de les prévenir, car quelques minutes plus tard, je tombais dans une sorte d'hébétude, mon cerveau se mit à fonctionner au ralenti, comme je n'avais jamais connu ça dans ma vie. J'étais limite mal. Bhien Dhu décida de m'accompagner aux toilettes, sous les regards alcoolisés d'Harold et Nancy qui ne réagirent pas. Je me laissai guider par elle, et ce fut d'un coup le blackout total.

[13] Langage très simplifié

GHB, GBL, Liquid Ectasy, Easy Lay, Big Hole, Goop, beaucoup de noms différents pour sensiblement une même drogue. J'avais du mal à respirer, j'étais mou, apathique, somnolent, sans volonté. J'étais la proie facile de prédateurs.
Ce qui s'est passé juste après, je n'en garde pas souvenance. Bhien Dhu était sûrement la fautive, elle avait dû verser discrètement ce qu'il fallait dans mon verre. Il y avait un but derrière cette « agression » … Agissait-elle en solo pour me détrousser, ce qui n'était finalement pas trop méchant, ou était-elle aussi missionnée, mais pour quoi ? D'un coup, ma vie était en danger.
En voulant me protéger d'un péril, j'étais tombé dans un autre…
Nous méritions tous les trois le bonnet d'âne. Il n'était plus temps d'épiloguer.

Je repris connaissance dans un état nauséeux, avec un mal de crâne insupportable. J'essayai de bouger, mais je n'y arrivai pas. J'étais allongé sur le ventre, sanglé de partout, à une table qui me sembla être une table en alu de dissection. J'étais interloqué, je ne comprenais pas la situation, mes paupières pesaient plomb, mes tempes battaient, mes oreilles sifflaient, mes yeux brulaient, aveuglés par une lumière blanche. Je réalisais petit à petit ce qui m'arrivait. Mon esprit fulgura, je fus pris d'une peur panique, une décharge d'adrénaline me transperça, mon cœur s'accéléra, ma respiration aussi. Je réalisai que j'étais attaché, nu, sur cette table froide, j'étais le cobaye, la victime qui allait être dépiautée comme un poulet, pour prélever un à un ses organes.

Je connais mieux la vie, parce que j'ai été si souvent sur le point de la perdre.
Friedrich Nietzsche

Je me mis à gigoter énergiquement, à hurler, je reçus instantanément une méchante baffe, qui m'amena les larmes aux yeux. Une voix d'homme s'exclama :

- Bien fait pour toi, petit pédé de gringo, fallait pas t'attaquer à notre organisation, on va te dépecer comme un bœuf à l'abattoir.

Je me mis à bouger, encore plus affolé, tout en criant :

- Au secours, libérez-moi, la police vous punira, salauds !

Seul résultat, un rude coup de poing qui atterrit sur ma mâchoire et me fit perdre connaissance.

Harold et Nancy, ne me voyant pas revenir des toilettes, se mirent en mode alerte. Ils réalisèrent qu'il se passait quelque chose d'anormal. Plus aucune trace de moi, ni de Bhien Dhu dans tout le bar-restaurant, ni aux toilettes… que faire ?!

Nancy et Harold allèrent questionner le gérant, mais il n'était pas conciliant, il les éjecta, disant ne rien savoir, ne rien avoir remarqué. Attitude louche !
Ils tentèrent leur chance avec un barman. Heureusement, lui connaissait Bhien Dhu, il leur dit qu'elle était infirmière et venait de temps en temps dans la journée pour rencontrer des touristes et arrondir ses fins de mois. Ce qui l'avait étonné, c'est qu'elle ne venait jamais le soir, car elle travaillait la nuit dans une clinique. Heureusement que ce barman était coopératif. Il se souvenait avoir vu Bhien Dhu quitter le bar au bras d'un touriste américain ayant trop bu, et qui titubait. C'était du banal.
Nancy lui demanda, en posant sur le comptoir un billet de dix dollars, s'il savait à quelle clinique elle bossait, car le gars saoul était leur copain.
Le barman n'hésita pas à répondre, il savait tout, et tout en refermant sa main sur les dollars, il leur confia :

- Phuket Comfort Clinic, côté Bangtao.

Juste avant que le gérant déboule et se mette à l'engueuler à perdre son temps à discuter avec les clients, tout en l'éloignant de nous.

Le gérant était donc de mèche avec Bhien Dhu, classique pour détrousser un touriste.
Nancy et Harold se précipitèrent dehors, montèrent dans le premier tuk-tuk, direction Bangtao au nord-ouest de Phuket, en croisant les doigts et serrant les pouces, dans l'espoir que cette destination soit la bonne.

Je ne savais pas au bout de combien de temps je repris conscience, j'étais vaseux, mais je sentis nettement l'odeur d'eau de javel, ce ne pouvait qu'être du Dakin, de fait, me tordant le cou, j'aperçus Bhien Dhu. Ha ! La pute ! J'avais cru à sa gentillesse, elle m'avait piégé. Elle me badigeonnait le creux des reins de ce produit, elle faisait son boulot.

Se fier à une femme, c'est se fier aux voleurs.
Hésiode – *Les travaux et les jours* - VIII siècle Av. J-C.

J'essayai de bouger, mais ils avaient resserré les sangles, crier ne servait plus à rien, je n'en avais plus la force, j'étais désespéré, inerte. C'était foutu. Mon cerveau surchauffé par les battements de mon cœur à 170, je pensais au proverbe : « Entre bouche et cuillère vient souvent obstacle », mais là, c'était entre bistouri et ma peau, nul obstacle. C'était fini.
Sofka avait raison de détester mes départs, ça devait arriver inévitablement, j'étais devenu la cruche de terre…
Je méritais cette épitaphe :
Je me demande ce que je possède vraiment. Je me demande ce qui subsistera de moi après ma mort. Notre vie est brève comme un incendie. Flammes que le passant oublie, cendres que le vent disperse : un homme a vécu.
Robaiyat d'Omar Khaiyyam

Tout s'enchaînait dans l'horreur, j'aperçus même du coin de l'œil mon ange favori, terrorisé, impuissant, traverser le bloc opératoire en criant : « Help, help ! »

D'un coup, je reçus ce qui me sembla d'abord un coup de couteau dans le bas du dos. En fait, c'était un bistouri qui s'enfonçait, qui entaillait ma chair profondément, sur une longueur qui me parut énorme. Je poussai un hurlement de douleur…mes yeux furent noyés de larmes…
C'était la fin, ma fin, fin du parcours, c'était terminé, j'étais anéanti, sans réaction… Je sentis les doigts du chirurgien s'insérer dans la plaie, et écarter les chairs pour accéder à mon rein droit. Malgré la douleur, je respirais toujours, mais sans espoir, le cerveau à la dérive… C'était mort, je vivais une situation que l'on redoute tous, se sentir, se voir mourir, sans pouvoir réagir.

Brusquement, mon œil gauche hagard, rempli de larmes, aperçut une porte s'ouvrir, c'était… Harold… miracle…
Il était muni d'un minuscule pistolet automatique Short qu'il brandissait devant lui, pas de quoi stopper la charge d'un buffle, non, mais peut-être suffisant pour tuer celui qui me charcutait. Tout le chargeur y passa, six cartouches tirées coup sur coup, dans un bruit assourdissant dans cet espace

clos, puis le silence, avec l'odeur de cordite[14]qui avait envahi la pièce.
J'appris plus tard que Bhien Dhu, un infirmier et le chirurgien furent tués.

Quelqu'un m'ôta les sangles, me fit asseoir et m'enveloppa le ventre et le bas du dos d'une bande de crêpe en coton pour comprimer les chairs, car ça saignait. C'était Nancy, elle me mit debout et me soutint de ses deux bras pour me faire avancer à petits pas et quitter la clinique déserte à cette heure. Je ne garde pas de souvenir de la suite, ce que mes yeux voyaient n'était pas stocké par mon cerveau, j'évoluais dans un brouillard de conscience, mais ce qui est certain, je me sentais apaisé, la tension retombée ? Je ressentais une intense brûlure autour du rein, mais cette douleur cuisante n'avait plus d'importance, elle laissait place à une aurore de soulagement, étonnamment de plaisir… oui, le plaisir d'être sauf.

Pour un plaisir, mille douleurs.
François de Montcorbier, dit Villon – *Balade de la belle Heaumière* – 15eme siècle

---

[14] Explosif.

Vivre n'importe comment, mais vivre !
Feodor Dostoievski – *Crime et châtiment*

Quinze points de suture sous-cutanés, plus deux drains aux extrémités. Le toubib de la « Company » avait bien bossé. L'entaille faite par le chirurgien de la Phuket Comfort Clinic ne l'avait pas été dans la douceur. Faite d'un seul coup, comme vous trancheriez de part en part un steak pour voir sa cuisson. Pas de chichi, pas de perte de temps, arrêt à cinq millimètres du rein. Le patient ne serait pas recousu, puisque « désossé » organe après organe. Le reste finissant dans le four crématoire. A trois minutes près, j'y perdais pour commencer un rein, c'est vite retiré un rein, son ablation c'est du rapide. Une artère, une veine, un urètre à sectionner, et c'est ensaché, pesé, prêt à être vendu.
Pour moi maintenant, c'était direction un lit pour un gros dodo, après que le toubib m'ait administré par piqure un somnifère doublé d'un puissant analgésique, dans le cadran supérieur gauche de ma fesse gauche.
Rideau pour un tour du cadran.

Quand j'ouvris les yeux, ma première vision fut Nancy. Elle me couvait des yeux comme une maman son petit. J'étais devenu son bébé, sous excellente surveillance. Tout en discutant doucement avec elle, nous réalisions que nous nous en sortions bien. Cela aurait pu être catastrophique si tous les trois avions été ciblés et drogués. C'était notre faute, pas assez prudents, nous nous étions comportés en amateurs, il ne fallait pas chercher à se distraire. Encore une leçon de vie, que de leçons de vie dans une vie…

... il y a la vie... la vie et ses possibilités illimitées...
Il n'y a pas d'autre choix possible. Vivre...
Blaise Cendrars – *Le lotissement du ciel*

Dans l'après-midi, la Base 55 de Bradenton se rappelait à notre souvenir. C'était le Général John Warren :

- Hello, David, que je suis content que tout aille bien pour vous, vous auriez pu y passer.
- Oui, John, c'était moins une, c'est notre faute, je le reconnais.
- Je sais, mais vous aviez besoin de souffler, personne n'est parfait.
- Comment voyez-vous la suite, John ?
- David, vous êtes tous les trois grillés en Thaïlande, certains veulent vous tuer et les autres veulent vous envoyer en prison pour très longtemps. Pas d'inquiétude, on va vous exfiltrer, l'opération « Trafic d'organes » a été une réussite, vous avez éliminé huit criminels assassins, ça calmera ce trafic quelques temps, c'était l'objectif. Bravo !
- Ok, John, merci.
- Je communique à Harold le déroulement de l'exfiltration, c'est pour ce soir, reposez-vous d'ici là, David. Vous avez eu de la chance. Mais, prudence, car on ne peut compter sur elle à chaque fois…

Minuit.

Exfiltration.

Nous circulions en voiture blindée avec chauffeur, en direction de l'autre côté de la baie de Phuket, pour le Phuket Deep Sea Port. La zone portuaire était désertique. La voiture longea un quai parsemé de grosses bittes d'amarrage et de quelques lampadaires anémiés, pour finir par s'arrêter, s'accoler à un gigantesque et impressionnant cargo noir, recouvert de containers rouillés. C'était la quasi-obscurité, seule la pleine lune éclairait l'eau aux reflets glauques et huileux.
Juste à ras du quai, flottait, à peine visible dans ce clair-obscur, un Turbo Longtail Boat Racing, typique des bateaux de Thaïlande, mais en mieux caréné et en plus puissant. Vitesse de pointe possible 100km/h, bien plus que les bateaux de la police maritime.
En cas de difficulté, nous pourrions nous échapper. Une fois à bord, le moteur en marche, impossible de se parler sous le bruit délirant de ce type de moteur, sans réel pot d'échappement.
La destination était l'ile de Kho Phi Phi, dans un petit archipel à quarante cinq kilomètres, à l'est de Phuket, île envahie de touristes dans la journée, mais retrouvant son calme une fois la nuit venue. Après une demi-heure de

navigation, secoué, aspergé d'eau de mer, mon dos redevenait douloureux, ça cisaillait, je souffrais en silence, ça m'amenait les larmes aux yeux, je restais stoïque, il y avait au bout la liberté et ma douce Sofka.

Sustine et abstine. Supporte et abstiens-toi.
Précepte de l'Ecole Stoïcienne, fondée par
Zénon au IVème siècle Av.J-C.

C'était une évasion, c'était ça l'essentiel. Une fois accostés à Maya Bay, sans perdre de temps, nous étions tirés, poussés, enfournés comme des paquets de linge sale dans un minuscule tuk-tuk, lui aussi au moteur pétaradant, chaque minute comptait. L'important était de prendre de vitesse ceux qui ne nous aimaient pas, ils seraient trop contents de nous faire la peau. Nous arrivâmes en à peine cinq minutes au nord de la baie, près d'une falaise avec à ses pieds une petite cocoteraie. A part le hurlement de quelques macaques et le bruit du ressac sur le sable, c'était silencieux. La pleine lune argentée avec son reflet scintillant sur la mer, plus les cocotiers, c'était surréaliste, spectacle magnifique, grandiose poussant à la méditation, mais incongru dans notre situation présente. Je me laissais guider sans réfléchir, Nancy m'avait fait asseoir à même le sable sans rien dire. J'attendais, en apparence

apathique, mais au fond de moi la flamme, la soif de vivre grondait, bourgeonnait d'enthousiasme. Flamme de joie, flamme d'amour, flamme sur fond de visions des courbes du corps sensuel de Sofka au regard de braise lors de nos ébats.
Comme disait le génial et volontairement mal compris philosophe allemand « *Ce qui ne me tue pas, me rend plus fort.* » Il mériterait un Prix Nobel à titre posthume.

Oui, j'étais devenu plus fort.

Tout doucement, j'entendis un bourdonnement lointain qui s'amplifiait, s'enflait, seconde après seconde, jusqu'à surclasser tous les autres bruits. Subitement, émergea du haut de la falaise, ce qui me sembla être un énorme hélicoptère de combat, ressemblant à un bourdon. C'était un Sikorsky H34 Vietnam. Qu'est-ce qu'un tel Sikorsky du Vietnam faisait là, dans cet est-asiatique ?... Y aurait-il eu une guerre fomentée par des riches capitalistes contre un peuple pauvre, stoïque et pacifique… mystère ?! Un pays aux mille sourires… Le mercantilisme guerrier des hommes vaincus par des sourires, est-ce possible ?!

Vol stationnaire à soixante centimètres du sol, avec le vlouf, vlouf, vlouf assourdissant des pales au ralenti. Moins d'une minute pour ramper à l'intérieur, nous nous chevauchions comme une mêlée de gosses hilares, braillards, heureux, dans une cour de récréation à faire les imbéciles, peu importe, il fallait juste permettre la fermeture de la porte à glissière, pour que le pilote puisse mettre pleins gaz. La turbine et le moteur se mirent à rugir pour notre plus grande satisfaction. Chaque seconde de gagnée, c'était du bonus qui nous rapprochait de la liberté ou nous éloignait de la prison… A votre choix !

Je ne suis vraiment libre que lorsque tous les êtres humains qui m'entourent, hommes et femmes, sont également libres.
Mikhail Bakounine, philosophe, révolutionnaire, anarchiste russe du 19° siècle

Une fois atteinte la zone des eaux internationales, nous étions sauvés, c'était gagné, le pilote réduisit les gaz et nous révéla notre destination finale, vers un autre pays du sourire, la Malaisie. Pays militairement allié des États-Unis.
Sept-cents kilomètres à vol d'oiseau, pardon d'hélicoptère. Trois heures trente de vol jusqu'à l'aéroport de Sepang, au sud de Kuala-Lumpur. J'eus besoin de m'allonger sur le ventre pour reposer mon rein, à même le plancher, fatigué, éprouvé, souffrant mais

heureux. Ma seule berceuse était le « doux » ronronnement du rotor et du turbo moteur, c'était rassurant.

Ce fut la douce caresse légère, sensuelle, pleine de tendresse prodiguée par Nancy sur ma nuque qui me réveilla. Sa main était chaude. Elle me dit gentiment :

- David, David, nous arrivons, ça va ?

Je mis quelques secondes à reprendre mes esprits.

- Oui, Nancy, ça va mieux, merci.
- David, j'ai discuté avec le co-pilote, il m'a dit qu'à trente secondes près, l'hélicoptère aurait été intercepté par la chasse thaïlandaise, si nous n'avions pas atteint la limite internationale.
- La chance nous a souris, une fois de plus.
- Oui, d'un sourire radieux d'Asie.
- Où allons-nous ? lui demandai-je.
- Toujours aux dires du co-pilote, nous allons à la résidence de l'Ambassadeur américain à Kuala Lumpur, pour y passer la nuit, et demain soir, retour à la Terra Firma… Enfin !... Après cette mission multiple et éprouvante…
- Oui, Nancy, ce sera bon.

Et je refermai les yeux.

Jette l'homme chanceux dans le Nil, et il remontera avec un poisson dans la bouche.
Proverbe égyptien.

Le médecin attitré de l'Ambassade s'occupa de ma cicatrice. Il m'ôta les deux drains, ce qui me procura une délicieuse jouissance au passage des deux tuyaux en caoutchouc qui adhéraient déjà au tissu adipeux. Le médecin me dit, non sans humour :

- Tout évolue bien, David, mais vous garderez une jolie cicatrice au creux du rein, vos conquêtes en seront étonnées et vous en demanderont la raison.

L'ambassadeur insista pour nous convier à une petite réception en notre honneur. Ça le changeait de sa routine quotidienne, faite de mensonges d'ambassadeur. Sa femme, présente, appréciait, car elle roucoulait autour de moi, sans s'en cacher, elle devait être en manque... d'un bel espion… En temps normal, je lui aurais demandé d'avoir l'honneur de visiter la résidence… Mais mes forces et ma faim d'une rapide relation amoureuse n'étaient pas au rendez-vous.

Si ce que tu manges ne te grise pas, c'est que tu n'avais pas assez faim.
André Gide

Quel gâchis, quel dommage, je déteste laisser passer une occasion… de plus, la femme d'un ambassadeur… Ach so !
Les fonds alloués aux réceptions étaient importants, nous eûmes droit à du champagne…

Un Roederer Cristal, digne du Tsar de Toutes Les Russies. Après deux coupes de ce nectar, je m'éclipsai discrètement (excusez-moi de ce pléonasme), j'avais besoin présentement d'une longue nuit de sommeil, pendant lequel j'aurais la visite d'un succube, un démon femelle, la femme de l'Ambassadeur… cette fois, je lui ferais son affaire, je ne la raterais pas !

L'avenir nous tourmente et le passé nous retient.
C'est pour ça que le présent nous échappe.
Gustave Flaubert – *Lettre à la poétesse Louise Colet*

John Warren ne mégota pas sur les billets d'avion… Première classe… Plus que sympa, c'était mérité. Peut-être voulait-il se faire pardonner cette mission-fleuve, pardon, torrent de montagne.
Décollage 20h00, arrivée à Fort Lauderdale 8h00, parfait pour les retrouvailles. Je m'inquiétais pour Sofka, j'avais zappé de la prévenir, mais Harold m'expliqua que John Warren, en militaire consciencieux, responsable, efficace, avait prévenu Sofka de mon retour.
L'avion de la Malaysia Airlines grouillait de charmantes petites hôtesses, sexy, souriantes, mignonnes, très maquillées, aguichantes pour les yeux comme des pâtisseries, certainement pas chastes pour le reste, elles avaient la peau veloutée, couleur mi-caramel, mi-chocolat au lait… Quel plaisir !
Elles bourdonnaient, papillonnaient gaiement autour d'Harold, de moi, même de Nancy. Ça change de la classe éco, plus de classe éco pour moi depuis longtemps, j'ai passé le temps des économies ridicules de radin, on n'a qu'une vie, ce n'est pas six pieds sous terre que l'on en profitera. Dans la vie, on se donne les moyens financiers que l'on veut… Pas d'excuses vasouillardes, il suffit de ne pas être fainéant !

Les mots ne bâtissent pas le mur.
Cratinos – Athénien – 590 Av. J.-C.

Je rajouterai sournoisement : les morts non plus !

Pas de Roederer Cristal à bord, mais un Cordon Rouge Mumm, parfait pour se relaxer, suivi d'un dîner arrosé d'un Bourgogne, un Savigny-les-Beaune, parfait aussi pour se préparer à dormir. Moi… Je ne me lasse pas d'être cajolé, j'en avais besoin, mon dos aussi. Pas de drague en vol cette fois… ça change !

Fort Lauderdale Airport, clim à outrance. Heureux de tomber dans les bras de ma Sofka, qui me dit simplement :

- David, mon David… que c'est bon de te retrouver.

Nous étions émus aux larmes, baisers salés… Les plaisirs simples…

Le but de l'amour sincère, c'est le plaisir !
Cesare Pavese – Le métier de vivre

Base militaire 55 de Bradenton.

Comme au jeu de l'oie, retour à la case départ, mais pas avec la même règle. Là, c'était gagné ! John Warren avait organisé une réception intime pour nous féliciter, tout en ayant une pensée pour le malheureux Steve. Ursula, le bras droit et secrétaire de John Warren, était présente. Elle me glissa discrètement à l'oreille :

- David, j'ai eu si peur pour toi, je suis heureuse de ton retour sur tes deux pattes. Tu me raconteras tout en tête en tête… j'adore à l'avance… Promis, tu m'en fais le serment ?
- Oui, Ursula, c'est promis, je ne t'en fais pas serment sur la cendre, lui dis-je.

Je me promis à moi-même pour l'avenir d'être plus renard lors de la prochaine mission, pour ne pas me faire prendre deux fois au même piège. Je saluai John Warren qui était satisfait, aux anges. Je fis une accolade à Harold, sachant que nous nous retrouverions un jour. Pour Nancy, c'était plus délicat, mais elle avait compris et accepté ma façon de vivre. Je lui fis deux grosses bises bien appuyées. Allons ! Point trop de sentimentalité, ces adieux sont une fête.

Enfin seul avec Sofka, les cheveux au vent, habillée d'une mini-jupe qui dévoilait ses cuisses musclées et d'un tee-shirt moulant ses seins. Je me laissais conduire, le coude droit posé sur la portière de ma Chrysler Newport vert olive de 1978, au feulement caractéristique de son huit cylindres en V, de 7200CC… Quel pied !

Nous roulions vers les Keys sous le soleil, au milieu des marais aux odeurs chaudes, musquées, la capote baissée, les cheveux caressés par l'air brûlant, envoûtant, c'était bon de vivre dans ces conditions. La vie est courte… certes, mais en multipliant les plaisirs, on a la sensation de la rallonger. Profitons de ce bonheur capricieux, fugace qu'il faut savoir saisir au passage, comme l'anneau dans un manège de fête foraine.

Pour posséder le bonheur, il faut travailler, il faut le mériter.
Wilhelm Reich – *Écoute, petit homme.*

Une citation en amène une autre, de même une pensée en entraîne une autre. Je pensais à Schopenhauer, à Maugham, qui avaient une vue pessimiste de la vie. Avaient-ils tort, avaient-ils raison ? Je trancherai au milieu ! Toujours l'antique légende du nœud gordien.

Direction Key Largo, la première des îles des Keys, ces îles, ces îlots paradisiaques tropicaux baignant dans le bleu du ciel et de la mer, reliées par l'Oversea Highway, sautant de pont en pont et qui aboutissent à l'île en cul-de-sac la plus au sud-

ouest des Keys et la plus au sud des États-Unis : Key West.
J'avais décidé de louer une baraque à Key Largo, une baraque de millionnaire, tout en rez-de-chaussée, rassurez-vous, pas une maison shot gun, c'est-à-dire très étroite et tout en longueur, où vous pourriez tirer une balle de fusil de la porte d'entrée en direction de celle du fond, sans que la balle ne heurte aucun obstacle avant de sortir. Non, tout le contraire. La maison se terminait presque les pieds dans l'eau, côté Golfe du Mexique, l'eau ne peut pas être plus lisse, plus étale, plus chaude qu'à cet endroit. Nul vent, un miroir bleu fréquenté en surface par les pélicans blancs et sous les flots, par les lamantins gris.
Cette location était une folie, mais soyons fous, j'avais besoin de rebondir, les plaisirs n'ont pas de prix, la vie serait atone, monotone sans ces gerbes de fleurs de folie.

Mon ami, ne vous permettez jamais que des folies qui vous feront grand plaisir.
Madame Lambert à son fils.

Je n'accepterai pas de nouvelle mission de sitôt. J'avais été heureux d'en revenir, mais j'avais adroitement renvoyé la balle, ça aide.
David et Sofka.
Initiales D S
Coïncidence ?!
Non, c'était mon destin, Sofka était ma déessse.

Nous étions deux à être heureux, deux cœurs réunis, deux cœurs avec la même arythmie du bonheur, et la même intelligence du cœur. Sofka ne se maquillait pas, elle n'avait pas besoin de tricher, je l'adorais au naturel.
Je n'avais, nous n'avions, qu'une « commune idée » en tête… nous adorer sous les caresses sensuelles de notre sincère et fidèle ami le soleil.

POSTFACE

Ami lecteur, cette deuxième aventure de David Mc David est close.

Il en vivra d'autres, d'autant mieux s'il a su vous séduire et si vous en avez le désir.

J'espère qu'elle aura atteint les trois sommets que je m'étais donnés : vous distraire, vous instruire, vous interroger.

Portez-vous bien.

CADEAU DE L'AUTEUR

J'offre à votre soif de surprise ces deux nouvelles de mon cru :

- « Vengeance romaine », un cépage de vin rouge nouveau de la région italienne d'Émilie-Romagne, un Lambrusco pétillant titrant pas moins de 14°… il ne laisse pas indifférent, le bougre !

- L'ile du Diable », un rhum fort de Guyane qui rend triste après l'ivresse…

Ces deux nouvelles sont extraites du recueil « Rosemary ».

Vengeance romaine

Tourist trophy, le pilote moto Joey Slazenger, originaire des Midlands en Angleterre, passe victorieusement la ligne d'arrivée une fois de plus, dans un bruit assourdissant.
Joey est le pilote hors norme de cette mythique course britannique de 60 kms de long, en forme de cercle, se déroulant sur l'ile de Man. Il détient le record cette année sur une Yamaha 750cc. Le record de morts est détenu aussi par cette course, aux essais et en course. 58 morts, plus de morts que le nombre d'années d'existence. Nous sommes dans les années 1960. Vitesse moyenne, 176 km/h. Chaque année cette vitesse augmente. Si chute, pas d'échappatoire… direction l'hôpital ou la morgue. Joey est-il une tête brûlée ? Non, car il maîtrise, c'est un sportif de haut niveau, c'est un champion, c'est un professionnel. Rien à voir avec le commun des mortels. Dans le monde de la moto, c'est un dieu. Comme toute star, il est entouré d'une flopée de parasites, et comme toute star dans ses débuts, il s'est fait piéger, escroquer, inévitablement, par des hommes d'affaire véreux, beaux parleurs, des femmes vénales… Il était jeune…
Joey était passé par là. Maintenant c'est du passé, sa carrière de coureur est derrière lui.
Sa carrière de coureur de filles n'est pas finie. Heureusement pour lui, il ne s'est pas fait dépouiller complètement, comme d'autres sportifs. Il lui reste un bon magot pour la fin de ses jours. Il s'est fait mettre là aussi

inévitablement le grappin dessus par une mannequin, une banale beauté suédoise sans caractère, qui s'est dépêché de lui faire deux enfants pour assurer ses arrières…
Au gré de ses envies, il a résidé en Floride, à Paris, à Londres, à Madrid, à Monaco. Maintenant c'est Rome. Il s'est acheté une villa à l'italienne aux superbes volumes avec tuiles romaines vernissées, juste au-dessus du parc de la villa Borghese. Il est toujours passionné de moto, il se déplace à Rome avec une simple SR500 Yamaha, ayant fait toute sa carrière avec le même constructeur.
Erika, c'est le prénom de sa femme, il est marié, il n'aurait pas voulu, étant anti-mariage, anti-papiers, mais Erika lui a dit : « Dans ma famille, c'est ça ou rien ! ». Il était fou amoureux… il a craqué. Maintenant, il ne craque plus pour elle, il en a été déçu, il a compris qu'il n'y a rien derrière ces beautés froides. Il reste avec elle à cause des deux enfants. Du coup, il passe plus de temps à l'extérieur que dans sa maison. D'ailleurs, s'il y reste trop longtemps, ce sont scènes de ménage sur scène de ménage.
Joey a toujours été coureur… de jupons. Il est toujours macho. Erika savait tout cela, mais elle, ce qui l'intéressait, c'était bien évidement de prendre le train en marche, là c'était le side-car de la moto de Joey. Exactement comme l'infirmière qui fait la chasse aux internes en médecine dans un CHU.

Erika a bien joué, la concurrence était rude, ce n'était pas gagné d'avance, les belles poules ce n'est pas ça qui manque. Les nanas faisaient la queue devant la chambre d'hôtel où Joey résidait entre deux courses. Un peu comme les millions de spermatozoïdes devant l'énorme et unique ovule. Il n'y en a qu'un qui rentrera !!! Qu'un qui gagnera, qu'un qui restera en vie, ça commence tôt, la lutte pour la vie !

C'est en piquant tout le monde que nous gagnons notre vie.
Aristophane – Les guêpes – Vème s. av. J.-C.

Joey détestait Erika, Erika détestait Joey, Joey haïssait Erika, Erika haïssait Joey.
C'était devenu une guerre au couteau, que dis-je, au sabre d'abordage.
Elle a un amant attitré, elle ne s'en cache pas, il a une maîtresse attitrée, il ne s'en cache pas. Qui gagnera ?
Erika voulait « réussir » dans la vie, c'est fait, mais elle ne s'attendait pas à un tel fiasco sentimental. Elle n'a pas réussi à berner Joey longtemps. Ils font chambre à part. Les deux enfants, âgés maintenant de onze et douze ans, sont en pension dans une institution suisse de renom à Lausanne. Sa fibre maternelle n'a jamais pointé le nez dans le bout de son cœur, elle est trop égocentrique pour ça. Joey, constatant cela, n'a pas hésité à éloigner les enfants, c'est mieux

pour eux que de subir journellement des engueulades déstabilisantes.
Erika, paresseuse, ne veut pas s'en aller, elle veut rester dans la maison… A Joey de s'en aller… classique.
Joey a décidé, dans ces conditions, de laisser la situation pourrir. Pour une fois, pour lui, c'est la der des der, il veut y laisser le moins de plumes, ras-le-bol de toutes ces gonzesses qui n'en veulent qu'à son statut de star du sport et à son pognon.
Tous les ingrédients, surtout les piments, sont réunis pour un roman policier avec assassinat, mais je défie le lecteur ami de trouver la chute à cette nouvelle. Dans la vengeance, une femme sera plus féroce qu'un homme, elle sera digne de Machiavel dans tous les cas.

La vengeance est une justice sauvage.
Francis Bacon – 1597

Qui a raison, qui a tort ?
La femme cherche sa sécurité, l'homme cherche l'aventure. Ne jetons la pierre à aucun des deux.
L'amour véritable, c'est d'aimer l'autre comme il est. L'homme est coureur, ça le rend heureux. La femme intelligente qui dit l'aimer doit accepter cela, et l'aimer comme cela, puisque sans cela il devient malheureux. Réciproquement, l'homme disant l'aimer doit lui aussi l'aimer telle qu'elle est. Chacun doit respecter la nature de l'autre, ne pas s'en étonner, ne pas s'en offusquer.

Caput mundi, Rome chef du monde, capitale douce pour vivre. Roma quello grande, Rome la grande, n'a pas fini de nous étonner. Pour Joey, pour Erika, rien ne change, chacun campe sur ses positions et s'en accommode. Après trois semaines de sécheresse, une grosse averse s'abat sur la ville. Une fois que la pluie a cessé de tomber, Joey enfourche sa « Yam », il sait que d'anciennes voies de Rome recouvertes de pavés deviennent glissantes dans ce cas. Il est prudent, il roule vers le sud de Rome, il dépasse le célèbre Colosseo, le Colisée, et circule maintenant sur la Via Apia Antica. Rue légèrement en pente, étroite, recouverte de pavés noirs en granit carrés. Il y a beaucoup de circulation dans les deux sens. Joey remonte la file de voitures par la gauche et, ce qu'il ne peut savoir, un poids lourd ayant rempli ses réservoirs à ras bord de gasoil en a déversé une partie dans le premier virage à droite. Gasoil plus eau de pluie, les pavés se transforment en patinoire. Joey incline sa moto sur la droite pour virer, instantanément la roue arrière dérape, chute inévitable, même pour un ancien champion. La moto se couche sur le côté. Joey contrôle sa chute et atterrit moitié sur les fesses, moitié sur le dos, comme ça lui est arrivé des dizaines de fois sur circuit. Il contrôle la glissade de ses avant-bras et de ses jambes, mais sur un circuit, pas de voitures. Le choc, inévitable lui aussi, bien que l'automobiliste qui arrive dans l'autre sens a aperçu Joey tomber et freine à fond. L'impact est

violent, sa tête casquée heurte le pare-chocs, il perd conscience.
La route vers le malheur est courte, c'est le destin.

Hôpital Umberto I.

Quand Joey ouvre les yeux, il voit flou. Il lui faut plusieurs minutes pour que sa vision s'améliore. Il prend conscience progressivement de l'endroit où il se trouve. Il revoit la glissade, la chute jusqu'au choc. Sur sa gauche, il entend le bip-bip d'un monitoring cardiaque, sur sa droite le flap-flap d'un respirateur artificiel. Il est lucide, il a toute sa tête. Il en a vu de toutes les couleurs tout au long de sa carrière en compétition. Il a fait des séjours à l'hosto, luxations il connaît, fractures il connait, rééducation il connait. Mais cette fois, ce qui l'inquiète, c'est qu'il ne sent plus ses jambes. Il met cela sur le compte du traumatisme crânien. Il ferme les yeux, fatigué, las, il se repose, il s'endort. A son réveil, il fait jour, il se sent mieux, il essaie de bouger la tête, rien ne se passe. Il essaie de bouger une main, rien, idem pour ses pieds. La panique s'empare de lui, les larmes envahissent ses yeux. Il réalise ce qui lui arrive. Il a connu deux copains coureurs devenus tétraplégiques, suite à chute en course de côte. Joey se prend une suée, une peur panique. Il se dit : « Non, non, pas à moi ! » Il essaie de crier, rien ne se passe non plus, il est anéanti…

l'horreur. Il arrive à bouger lentement sa mâchoire, sa langue, ses yeux, et c'est tout ! Il n'y a pas de porte à sa chambre, et il aperçoit un homme en blouse blanche avec son stéthoscope, ainsi qu'une infirmière, autour de son lit.
L'homme se penche vers lui et lui dit :

- Bonjour monsieur Joey Slazenger, je ne veux pas vous mentir, en tant que champion. Pour l'instant, vous êtes paralysé des quatre membres et du cou. Vos fractures au-dessus du sacrum en L2 et L3, plus celles aux vertèbres cervicales sont graves. Un miracle que vous soyez en vie. Cela tient à votre condition d'athlète. Tout n'est pas perdu, je veux vous rassurer tout de suite. Je pense que vous remarcherez, mais pas avant que je vous réopère, et cela pas avant six mois. Il faut attendre que tout se consolide, vous n'avez pas d'autre choix que de vous reposer. Vous quitterez l'hôpital dans vingt jours.

C'était bref, concis, médical. Donner de l'espoir au malade, c'est normal, ça fait partie du jeu médecin/patient. Cet espoir au bout de six mois était-il réel ? Était-il bidon ? Joey avait décidé de se battre, mais…
Erika n'était passée le voir à l'hôpital que deux fois. La première, le jour de l'accident, et la deuxième, la veille de sortie pour organiser son retour à la villa. Elle n'avait laissé transparaître

aucune émotion, elle était restée de glace. Quand une femme n'aime plus, c'est fini, elle oublie tout de celui qu'elle a aimé. Erika était étrangère à ce qui arrivait à Joey. L'avait-elle aimé ? Non. Il n'y avait dans son cœur pas place pour ça. Elle s'aimait, elle était 200% égocentrique, point final. Grâce aux moyens financiers de Joey, tout avait pu être organisé pour que sa tétraplégie soit gérée au mieux, lit, élévateur, fauteuil à roulettes, soins lourds journaliers. Son seul problème, insurmontable pour l'instant, était sa dépendance envers Erika, c'était un supplice insupportable. Il ne pouvait s'exprimer que par des clignements des yeux, les balayer de gauche à droite, de haut en bas, et loucher… « langage » limité.
La maîtresse attitrée de Joey s'était vite éclipsée, elle n'était plus repassée à Umberto I une fois le bilan de tétraplégie donné, cruelle déception de plus. Elle n'avait été qu'intéressée…
Un soir, Erika avait installé Joey dans son fauteuil à roulettes à l'intérieur de son spacieux dressing room à l'américaine, lumière éteinte, porte ouverte, face à son queen-size bed à baldaquin. Joey était dans l'obscurité, caché des regards par un léger rideau en tulle transparent qui descendait du plafond jusqu'au sol. Il ne savait pas ce qu'Erika manigançait. Au bout d'un certain temps, la lumière s'alluma dans la chambre, il aperçut Erika et un homme rentrer dans la chambre. Ils commencèrent à s'embrasser, à se caresser, les vêtements tombèrent à terre. Dès cet

instant, Joey comprit le spectacle qui lui était réservé.
Œil pour œil…
C'était pour Erika sa vengeance romaine.

L’ile du diable

Ce pourrait être l'histoire d'une ile déserte, couverte de cocotiers. Ce pourrait être aussi l'histoire de pirates avec un pareil titre !
Le célèbre, redouté pirate La Buse, qui écumait les mers chaudes, aurait pu y enfouir son magot avant que d'être pendu en juillet 1730, à l'ile Bourbon[15] dans l'Océan Indien.
Non, l'ile du Diable, l'ile Royale, l'ile Saint Joseph forment ce que l'on appelle les iles du Salut, au large de Kourou en Guyane Française.
L'ile du Diable servait à ses débuts de léproserie, puis est devenue un bagne pour des détenus de droit commun et des détenus politiques condamnés à la relégation, avec doublage de peine, pour beaucoup à la perpétuité.
La société se débarrasse au loin de ces individus « contaminés et contaminants », quelques détenus célèbres y séjournent, comme le capitaine Dreyfus, qui y resta quatre années, surveillé vingt-quatre heures sur vingt-quatre.
C'est l'exception, les autres peuvent se balader, pas de travaux forcés, évasion difficile, dangereuse, la mer est infestée de requins. Taux d'humidité 85%, moustiques, araignées venimeuses, paludisme, dysenterie… font que la survie pose problème. Une altercation avec un garde-chiourme, un vol, et c'est le cachot de deux mètres carrés, nourriture tous les trois jours, l'enfer. Le bagnard dépérit, s'étiole rapidement.

---

[15] Ile de la Réunion

Place Blanche à Paname, une carrière de gypse à Montmartre rendait les rues blanches de poussière dans ce secteur. A la Belle-Époque, les voyous étaient appelés par les journalistes les « Apaches ». Ils jouaient du surin, du coupe-chou, du coup de boule, de lames de rasoir cousues dans le rebord de leur casquette… et détroussaient les bourgeois terrorisés.
Franky Belle-Gueule, descendu des « fortifs », avait son territoire à la Barrière Pigalle. Tout juste vingt ans, un dur, mais au cœur tendre, grâce à sa mère. Il est devenu maquereau. Pour défendre ses bouts de trottoir, il se castagne fréquemment avec d'autres voyous. Un soir du mois d'août, la chaleur ne se dissipant pas, l'alcool aidant, la tension monte avec un rival, et Franky Belle-Gueule plante violemment son couteau dans le cou du concurrent. Artère carotide sectionnée nette… la vie de Franky bascule complètement. Il ne réalise cependant pas ce qui découle de ce banal meurtre entre apaches.
Six mois plus tard, Franky se retrouve enfermé sur l'ile de Ré au bagne de Saint Martin de Ré, en attente d'un bateau pour la destination finale de l'ile du Diable.
Il ne peut réaliser entièrement ce qui lui arrive, c'est un virage à 180°. Adieu Paname, adieu aux femmes, adieu à sa maman qu'il aime. Adieu à tout… s'il avait su !!!

Mais, il était trop jeune, trop impulsif pour savoir. Franky n'était pas vraiment un Apache, il n'a jamais fait de mal à des bourgeois. Comme il était beau gosse, il est devenu souteneur naturellement, ses « gagneuses » venaient s'offrir à lui parce qu'elles l'aimaient naturellement. Qu'est-ce qui se passe dans le cerveau et dans le cœur de ces prostituées, à arpenter si facilement le trottoir pour un homme ? Hormones, masochisme, paresse, amour… mystère ?

Arrivé par bateau, enfermé dans une minuscule cage munie de grilles, appelée « bagne », il devient donc un bagnard.
Après une longue marche à pied sous le soleil brulant, Franky passe la massive double porte du camp de la Transportation à Saint Laurent du Maroni, proche du Maroni, ce fleuve boueux. Dès les premiers mètres, il aperçoit des bagnards au regard hagard et, en même temps, avides de chair fraîche, et qui tiennent d'une main la chaîne qui entrave leur cheville. Nul besoin de faire un dessin, il comprend que les mœurs des détenus ont évolué de la « normalité » hétérosexuelle vers l'homosexualité, faute de choix. Sa gorge se noue. Il va passer dix jours ici, dix jours d'enfer, plutôt dix nuits d'enfer. Il va découvrir ce que va devenir sa vie. La nuit, de longues barres de fer immobilisent le bagnard, il se trouve bloqué entre un voisin sur sa gauche et un autre sur sa droite. Seul avantage, ça empêche le viol collectif des

nouveaux arrivants. Franky est lucide, sa vie sera intenable s'il ne se trouve pas un protecteur, bagnard ou gardien, voire les deux. Ironie de la vie, les rôles s'inversent pour l'instant. C'est lui qui maintenant a besoin de protection. C'est peut-être ça une partie du secret des filles de rue, être protégées pour avoir la sécurité !

La femme toute seule n'est rien.
Eschyle – Les suppliantes – Vème s. av. J.-C.

A la différence de ses copains des fortifications, il est allé à l'école jusqu'à quatorze ans, il a même décroché le célèbre certificat d'études primaires, ce qui faisait la fierté de sa mère qui voulait qu'il aille jusque-là. Il n'a pas connu son père, sa mère l'a élevé en faisant des ménages. Très vite, grâce à l'argent récolté par ses « filles », il a gâté sa mère. Il l'a logée dans un appartement confortable, il en était heureux. Dans ce qui lui arrive, le pire pour lui c'est de savoir sa maman seule et triste de son sort, de ne plus la serrer dans ses bras, de ne plus la cajoler, de ne plus pouvoir lui faire de cadeaux. Elle ne pourra plus rester dans l'appartement, ça le rend songeur, malheureux. Elle était sa vie, sa joie, sa raison de vivre. Il ne sait s'il tiendra. Il y a toujours l'espoir d'une amnistie, d'une remise de peine qui n'existe pas.

C'est l'espoir qui empêche l'homme de se pendre.
Ovide

Débarqué à l'ile du Diable, Franky se souvient à l'école d'un instituteur qui leur avait fait un cours sur le proverbe « l'union fait la force ». A peine installé, il discute avec d'autres bagnards fraîchement arrivés, et réussit à faire comprendre à trois gars comme lui de rester groupés presque tout le temps, ce sera leur force pour se protéger des prédateurs. Il comprend qu'il ne faut pas passer auprès des matons pour une forte tête, il décide de fayoter. Il se propose de ramasser les tinettes, de nettoyer les cantines. Il y a sur l'ile du Diable une guillotine, un petit modèle démontable qui est remonté pour chaque exécution la veille, plutôt la nuit sans faire de bruit, car la nouvelle du futur guillotiné arrive de métropole par bateau la veille de son exécution. Franky est chargé de son entretien et de sa mise en place. Ça le fait mal voir des autres bagnards, il passe pour un traître, un « jaune ». Heureusement, ses trois copains le protègent du coup de couteau. Le directeur du bagne l'a félicité pour ça. Quand la tête au crâne rasé du guillotiné tombe dans le panier, il s'en saisit par les deux oreilles, brandit la tête, et dit, comme on lui a dit de dire : « Au nom du peuple français, Justice est faite ! ».

Une année moite, poisseuse, lénifiante s'est écoulée. Un des trois copains est mort de dysenterie, le moral est en baisse. Les nouvelles censurées venant de France sont rares. Le condamné n'a droit d'écrire que quatre feuilles,

une fois par mois. Dans les lettres envoyées par sa maman, elle s'inquiète pour lui, mais elle lui cache que sa santé se dégrade. Son écriture est tremblotante, elle s'alimente mal, elle n'a pas l'argent pour se faire soigner, elle a développé une phlébite à un mollet. Elle n'a plus le moral, plus d'espoir de revoir son petit chéri. Malgré cela, elle termine toujours ses mots par cette phrase : « Ne t'inquiète pas, nous nous reverrons au paradis des mamans. »
Lui non plus n'a plus d'espoir, il n'arrive pas à se résigner à ce dépérissement. Est-ce parce qu'il en a plus dans le cerveau que les autres ? Possible… possible.
Il ne fait pas partie des brutes à la fibre épaisse. La seule raison pour lui de continuer la lutte, c'est sa maman. Depuis trois mois, il n'a plus de nouvelles, il s'en inquiète. Il a même sollicité une entrevue avec le directeur, mais ce n'est plus celui qui l'avait félicité, l'entrevue lui est refusée.

Encore deux mois passent, et un matin, lors de la remise des courriers, il reçoit une lettre officielle à en-tête du ministère des Colonies de l'Administration Pénitencière Coloniale et Bagne de Guyane. Il est informé que sa mère est décédée à l'Hôtel-Dieu il y a trois mois, et qu'elle a été enterrée dans le carré des indigents au cimetière du Père-Lachaise. Franky blêmit, il suffoque, pris de spasmes, de sanglots, ses deux copains le soutiennent. A partir de ce jour, il s'alimente très peu, il maigrit, son front se ride, ses joues se creusent, il est loin le temps de Franky Belle-Gueule. Peu de temps après, arrive un bateau porteur de nouvelles. Une nouvelle désigne le guillotiné du lendemain. Le futur guillotiné n'apprend son sort que peu de temps avant son exécution, juste à l'aurore. Franky remonte la guillotine la nuit, sans faire de bruit, pour éviter l'agitation des bagnards qui ont leur cachot proche. L'exécution n'est pas cachée, elle est pratiquée à la vue de tous, pour servir d'exemple. Franky a terminé son remontage, bien avant le lever du soleil. Au lieu d'aller se coucher, il s'allonge sur ce que les bagnards appellent la « bascule à charlot ». Il passe sa tête entre les deux montants de bois qui guident le tranchoir de la guillotine. Subitement, Franky devient radieux, il se met à rire, il se voit dans les bras de sa douce maman, elle rit aussi, ils sont heureux, c'est le jour où il est revenu de l'école avec son « certif » à la main, moment de bonheur… il tire la corde qui libère la cheville du tranchoir.

Printed in France by Amazon
Brétigny-sur-Orge, FR

24481248R00100